색色다른 여자 이지연의
남男다른 홀로서기

이 지 연 자 전 에 세 이

색色다른 여자 이지연의
남男다른 홀로서기

Human & Books

차 례

1 나를 찾아 떠난 여행

2 맨바닥에 담요 하나

3 꽁치가 영어로 뭐지?

4 남자의 나라에서 여자의 이름으로 살아가기

또 하나의 이야기 숨겨진 에피소드

우리 모두 리얼리스트가 되자.

그러나 가슴속에 불가능한 꿈을 가지자.

— 체 게바라

1 나를 찾아 떠난 여행

흐르는 강물을 바라보고 있으면 누구나 아름다운 물결에
매료되기 마련이다. 그러나 물결이 아름답다고 해서 바가지로 퍼서 담아놓고
보면 더 이상 그 아름다움을 느낄 수가 없다. 흐르는 것은 흐름 그 자체에
아름다움의 비결이 있기 때문일 것이다. 나에게 유학 생활의 의미는
내가 세운 목표를 달성하기 위해 끊임없이 흘러가는 것이었다.

문제가 생기면 용기와 지혜가 생긴다. 인간은 문제를 겪어야만

성장할 수 있다. 현명한 사람들은 문제를 두려워하지 않고 오히려 반갑게

받아들이려고 한다. —스콧 팩

나를 찾아 떠난 미국

서른 나이에 아이까지 데리고 미국 유학길에 오른 것은 어쩌면 도
피였는지도 모른다. 그러나 이혼 후 나에게는 더 이상 한국에 머물
러야 할 이유가 없었다. 이혼 후의 현실, 어린아이의 삶을 책임져야
하고 또 가장으로서나 호주로서의 여성에 대해 관대하지 않은 한국
사회 현실의 벽에 부딪혀 살아가야 하는 것은, 어쩌면 이 땅의 모든
이혼 여성에 내려지는 평생의 멍에일 거라는 생각이 들었다. 이혼
후의 삶은, 생계를 책임져야 하는 것일 뿐 아니라 사회의 낡은 시선
과도 싸워야 하는 마음의 고통까지 떠안고 살아가야 하는 것이었다.

나는 다시금 내 삶을 새롭게 시작하기 위하여 여행을 떠난다고 생각했다. 결혼이 새로운 삶으로의 첫 번째 여행이었다면, 그 여행의 실패 이후에 갈 수 있는 여행은 곧 나를 찾아가는 여행이란 생각이 들었다. 주변의 모든 사람들은 현실에 안주해서 아이와 함께 한국에서 살아가라고 조언했다. 그러나 젊은 여성들이 대부분 그렇듯이 나는 속박에서 벗어나 새로운 삶을 찾아 떠나고 싶었다.

난 여러 유학원을 돌아다니며 미국 유학에 대한 정보를 수집하며 가장 빨리 떠날 수 있는 길을 모색했다. 대개 미국의 명문 대학에 정식 입학하기 위해서는 1년이 소요된다고 했다. 토플 성적과 각종 서류를 제출하여 결과를 얻는 데 소요되는 기간이 1년이라는 것이었다. 게다가 미국 비자를 얻기 위해서는 통장에 돈도 제법 가지고 있어야 했다. 하지만 나는 하루 빨리 한국 땅을 벗어나고 싶었다. 1년씩이나 기다릴 수는 없었던 것이다.

그러던 중 미국 내 잘 알려지지 않은 대학의 대학원 과정에 입학하면 비자를 얻을 수 있다는 정보를 얻고 나서 나는 더욱 용기를 냈다. 입학 허가서를 얻는 데는 문제가 없어 보였다. 그러나 난관은 다른 곳에 있었다. 유학원에서는 비자를 받을 확률이 10퍼센트도 안 된다고 말했다. 불가능에 도전해야 하는 상황이었다. 어느 정도 마음을 비우고 있었지만 나는 다짐했다. 최선이 안 된다면 차선을 택할 필요도 있지 않은가.

문제는 미국 비자를 얻기 위한 인터뷰에 있었다. 까다롭기로 소문난 미국 비자 인터뷰! 모 대학의 경영대학원에 입학이 결정되었고, 필요 서류를 준비한 후 미국 대사관으로 인터뷰를 하러 갔다.

14

나는 영사와 직접 인터뷰를 하겠다고 주장했다. 그렇게 해서라도 미국행을 분명하게 확정짓고 싶었던 것이다.

"Why do you want to go studying abroad?(유학은 왜 가려고 합니까?)"

미국 비자를 받기 위한 인터뷰는 항상 이 질문으로 시작된다.

"저는 동업자와 함께 출판사를 경영하고 있습니다. 영어책을 전문적으로 출판하고 있죠. 대학원에서 영문학을 공부했고 영어 강의도 오래 했습니다. 그런데 분야가 영어이다 보니 그 나라에 가보지 않고 얻은 지식만으론 충분치 않다는 생각이 들었습니다. 그래서 미국행을 결심하게 되었습니다."

"그런데 왜 경영학입니까?"

"경영자의 입장에서 경영의 원칙을 배우고 또한 영어에 좀더 능통해야 한다는 신념을 갖고 있기 때문입니다."

가능한 한 빨리 입국하기 위해 아무 대학원이나 입학 허가를 받아냈다고 말할 수는 없었다.

"아이도 같이 갈 겁니까?"

"예, 제 욕심이지만 공부만큼이나 아이에게도 충실하고 싶습니다. 제 개인적인 성취를 위해 아이와 떨어져 있을 순 없습니다."

영사는 냉소적인 말투로 계속적으로 산발적인 질문 공세를 해왔다. 그러나 나는 긴장을 풀지 않고 영사의 의중을 한 발 앞서 읽어내려고 했다. 끝까지 또박또박 소신을 굽히지 않고 얘기하는 나와 뭔가 꼬투리를 잡아보려는 영사의 인터뷰는 팽팽한 줄다리기 시합 같았다.

어느 순간 영사는 잠시 침묵에 빠졌다. 그리고 1~2분 정도 고민하더니 나를 다시 쳐다보았다.

"좋은 경험 쌓아 오시기 바랍니다."

그 순간을 나는 잊을 수가 없다. 갑자기 어떤 성취감이 온몸을 감싸왔다. 모두 안 될 거라고 했었다. 통장에 잔고가 많은 것도 아니고, 무엇보다 아이를 데리고 혼자 유학을 간다는 건 상상도 할 수 없다며 모두 포기하라고 설득했었다. 가족들마저 사촌 동생 몇몇이 유학을 가 있었지만 돈만 엄청나게 갖다 썼지, 제대로 된 학위 하나 받아온 사람 없었다며 100퍼센트 무모한 짓이라고 나무랐다. 그러나 나는 새로운 인생의 여행길을 내 손으로 열고 싶었다.

비자를 받고 나서 다시 한번 나 자신을 되돌아보았다. 가진 돈이라고는 고작 천만 원뿐이었다. 게다가 내게는 아이까지 딸려 있었다. 과연 이 정도 돈을 가지고 서른 나이에 아이와 함께 유학을 떠난다는 것이 현명한 선택인지 회의가 밀려왔다. 주변 사람들의 말처럼 몇 달도 못 버티고 다시 한국으로 돌아오게 될지도 모른다는 두려움이 앞섰다. 그러나 난 대학 1학년 때부터 대학원을 마칠 때까지 고학했던 경험을 떠올리며 마음을 다잡았다. 그때 어떤 환경에서도 정신만 차리면 살아갈 수 있다는 것을 배우지 않았던가.

마침내 짐을 싸던 날, 어머니는 딸자식이 죽어 나가기라도 하는 것처럼 통곡을 하셨다. 어린 손자와 딸의 미래가 걱정되어서, 그리고 언제나 남이 가지 않는 길에 무작정 발부터 들이밀고 보는 당신 딸의 무모함이 원망스러워서였을 것이다. 내 선택은 이미 내 어머니의 삶과는 정반대로 살아간다는 의미였기 때문이다.

　그렇게 나는 초등학교 입학 전이던 일곱 살배기 어린 아들과 함께
머나먼 미국 땅으로 떠났다.

깊이 떨어질수록 높이 튀어 오르는 법이야. ─작자 미상

일자리 구하기

LA 비행기 안에서 아이와 나는 잠시도 눈을 붙일 수가 없었다. 다른 나라에 간다는 것이 아이한테도 설레고 기대되는 일인 듯했다.

"아직 다 안 왔어? 미국 아직 멀었어?"

30분 간격으로 같은 질문을 해대며 눈동자를 반짝이는 아이를 보고 나서야 나는 처음으로 안도감을 느꼈다.

옆자리에는 딸을 만나러 미국에 가는 이모가 있었다. 아무 대책 없이 가는 내 처지가 안타까우셨던지 이종 사촌 동생 집에 며칠 머물며 집을 구하라고 하셨다.

공항에 도착해보니 사촌 여동생이 마중을 나와 있었다. 고등학교 시절에는 그녀도 나의 영어 과외 학생이었다. 그녀는 고등학교를 졸업하고 미국에서 유학하다가 의대를 다니던 남편을 만나 학업을 접고 결혼했다. 두 살 된 알렉스와 남편, 이렇게 셋이서 병원 내의 아파트에서 살고 있었다.

사촌 동생네 집에 도착한 날 밤이었다. 이스트 LA의 밤하늘에 총성과 경찰차 사이렌 소리가 울려퍼졌다. 이국 땅에서의 첫날밤을 아이와 난 그렇게 몹시 불안하게 보내야 했다.

미국 교포 사회에서는 "공항에 누가 픽업을 왔는가에 따라 그 사람의 운명이 달라진다"라는 농담 같은 말이 있다. 공항에 마중 나온 사람이 페인트 기술자면 영락없이 페인트 일을 추천하고, 슈퍼마켓을 하는 사람이면 그를 따라서 슈퍼마켓을 하게 된다는 말이다. 그러나 사촌 동생은 전업 주부였다.

앞뒤 돌아보지 않고 무작정 유학길에 오르긴 했지만 내심 걱정이었다. 동생 집에 신세를 질 수 있는 기간은 길어야 2주인데 그 안에 어떻게 해서라도 집과 직장을 구해서 나가야 했다. 사실 직장에 관한 한 전혀 대책이 없었기에 도착하는 첫날부터 마음이 몹시 불안했다.

동생에게 LA에서 일거리를 구하는 방법을 묻자 구인·구직란이 실린 신문들을 내밀었다. 처음에는 식당, 슈퍼마켓 등 보수가 낮고 비교적 쉬운 일부터 찾아 전화를 하기 시작했다. 몇 군데는 면접을 보기 위해 직접 찾아가기도 했다.

한인 타운의 식당에 나가 일을 하면 시간당 4달러 50센트를 주는데 하루에 여덟 시간이면 36달러를 벌 수 있었다. 그 당시 환율이

800원 정도였으니, 하루 3만 원이 채 안 되는 돈이고 20일 동안 근무하면 60만 원을 버는 셈이었다.

면접을 본 몇 군데의 Liquor Store(주류 판매점)는 슈퍼마켓의 일종인데 다양한 주류를 판매하는 곳이었다. 그런데 신문에 광고를 낸 주류 판매점들은 대부분 멕시칸 동네와 흑인 동네에 위치해 있어, 흔히 볼 수 있는 가게 밖의 온갖 낙서들과 팔뚝에 문신을 한 인상 험악한 흑인들의 모습에 아직 미국 경험이 없는 내가 과연 그런 곳에서 일을 시작할 수 있을지 자신감을 잃게 했다.

일자리 구하기는 각오했던 것보다 몇 배는 더 어려웠다. 내가 마음에 들면 그쪽에서 영주권이 없다는 이유로 거절했고, 일을 해보라고 하는 곳은 흑인 동네의 심장부라 내가 자신이 없었다. 하지만 2주가 되기 전에 어떤 일이라도 시작하겠다고 마음을 먹었기에 하루하루 면접을 보고 일자리를 구하는 데 최선을 다하는 수밖에 없었다.

도착한 지 일주일쯤 되었을 때 사촌 동생이 신문을 한 장 내밀었다.

"언니, 그 학교에서 선생을 구한다고 하는데 전화해볼까?"

"영주권이 없긴 하지만 혹시 모르니까 전화해서 한번 물어나 보지, 뭐."

나의 사정에 대해 약간의 설명을 들은 학교 측에서는 이력서를 갖고 오라고 했다. LA에서 50분 정도 떨어진, 가든 그로브라는 곳에 있는 비교적 큰 규모의 유학생 전문 학교였는데, 토플 강사를 구하고 있었다.

한국인 원장은 나이보다는 비교적 어려 보이는 내 얼굴과 이력서를 번갈아 보면서 몇 가지 질문을 해왔다. 나는 비자를 받을 때처럼 이번에도 당당하고 자신감 있게 인터뷰에 응했다. 아마 하느님마저 내 뻔뻔함에 두 손을 들어버릴 것 같다는 생각이 들 정도였다.

학교 측에서는 그 동안 한국어와 영어를 동시에 잘 구사하는 이중 언어자를 토플 강사로 채용해왔는데 별로 효과가 없었다고 했다. 이 유는 시험 대비 과목에 대한 교수법이 다르기 때문이었다.

나는 인터뷰를 통해서 빠른 시일 내에 시범 강의를 하기로 약속했다. 원장은 나에게 교재를 한 권 주었고 나는 그것을 이틀 동안 읽고 또 읽었다. 당시 나는 토플은 가르쳐본 적이 없었다. 그래서 과연 내가 나보다 영어 실력이 나을지도 모르는 유학생들을 가르칠 수 있을지에 대해서 확신이 서질 않았다. 그러나 미국에 온 이상, 경험해보지 않은 일이라도 닥치는 대로 해내야 했다. 정 안 되면 접시라도 닦겠다는 심정으로 각오를 다졌다.

사촌 여동생네서 지내게 된 지 일주일이 지났다. 일주일이 지나도 짐을 싸는 기색이 안 보이자 이모는 사위 눈치 보인다며 어서 집을 구해 나가라고 재촉하셨다. 그럴수록 토플 강사 자리가 내겐 더욱 절실해졌다.

드디어 시범 강의를 하는 날이 다가왔다. 나는 세 시간 동안 유학생들을 상대로 토플을 강의했다. 결과는 합격이었다. 하루에 세 시간씩 강의하고, 시간당 15달러를 받기로 했다.

내게 맡겨진 강의 시간은 충분치 않았지만, 그 당시 식당에서 아르바이트를 했을 경우 보수가 시간당 4달러 50센트였던 점을 감안

하면 내게는 무척 큰돈이었다. 이제 한 달 동안 학생들을 열심히 가르치면 720달러를 월급으로 받을 수 있게 된 것이다. 뜻이 있는 곳에 길이 있다고 하는 이유를 다시 실감했다. 사촌 동생에게 고마웠고, 무슨 잔소리를 하시든 이모도 고마웠다.

이모는 이혼하고 아이를 데리고 무작정 미국으로 떠나온 내가 사촌 동생의 남편과 사돈댁에 흠으로 비쳐질 거라 생각하셨다. 그래서 되도록이면 사촌 동생 집에서 먼 곳에 가서 살아줄 것을 당부하셨다.

한국에서 이혼을 준비할 때에도 친척들의 이런 태도는 나에게 더욱 깊은 상처를 안겨줬다. 잘살고 부유한 중상류층의 친척들은 이혼한 조카가 하나 있다는 것이 집안에 큰 누가 된다고 생각했다. 그러나 자신의 체면만을 생각하며 내게 던진 한 마디 한 마디는 그 어떤 말보다 깊은 상처로 내 가슴에 새겨졌다.

사촌 동생은 노인네가 노파심에 자꾸 하는 얘기니 신경 쓰지 말라며 시간을 갖고 집도 구하고 다른 일거리도 찾아보라며 힘을 실어주었다. 사실 이모의 말은 자신의 딸을 배려한것이었지 내게 어떤 악의를 갖고 있었던 것은 아니었다. 이모보다는 뻔뻔스럽게 아무 대책도 없이 미국 유학길에 오른 내가 더 문제였다. 사촌 동생과 그녀의 가족들에게 큰 실례를 범하고 있다는 것을 알면서도 그때 내가 기댈 수 있는 사람은 동생밖에 없었다.

사촌 동생의 말에 힘입어 다른 일거리를 찾기 위해 몇 군데 더 돌아다녀보았지만 쉽지 않았다. 하지만 얼마 안 되는 돈이라도 벌 수 있게 되었으니, 가장 먼저 할 일은 나와 아이의 보금자리를 구하는 것이었다.

그해 크리스마스가 되기 전에 나는 학교에서 가까운 곳에 집을 구할 수 있었다. 방, 화장실, 거실, 부엌을 합쳐서 스무 평쯤 되는 널찍한 아파트였다. 그리고 난 본격적인 미국 생활을 위해 3천 달러를 주고 도요타 코로라라는 중고차를 구입했다.

한국에서 들고간 1만 2천 달러 중에서 이것저것 재하고 나니 6,500달러 정도가 남았다. 매달 들어가는 생활비는 아파트 임대비 650달러, 자동차 보험료 100달러, 공과금과 전화요금 200달러와 식비 300달러를 합해 총 1,250달러였다. 물론 최소 생활 경비였다. 월급 720달러를 가지고 충당하더라도 매달 500달러 이상이 마이너스였으니 나머지 6,500달러로 최대한 1년까지 버텨야 하는 상황이었다.

일단 생활비를 벌기 위해서 일을 해야 했으니 입학 허가서를 받아놓은 대학의 수업을 듣는 게 문제가 되었다. 나는 학교를 찾아가 사정을 설명하고 수업을 연기해줄 수 없느냐고 했다. 학교에서는 정당한 사유 없이 수업을 연기할 수는 없으니 ESL(제2 외국어로서의 영어) 수업이라도 한 학기 듣다가 다른 학교로 전학을 가게 되면 그때 옮기라는 제안을 했다. 나는 석 달치 수업료 1,200달러를 선불로 지불해야 했다. 그러고 나니 가진 돈은 더 줄었다.

아직은 어리기만 한 아이와 함께 무작정 떠나온 미국 땅. 생활비가 막막한 상황에 이르자 두려움도 커져갔다. 돈이란 눈덩이처럼 불어날 수 있는 것이지만 눈 녹듯 쉽사리 사라질 수도 있다는 사실에 걱정이 앞섰다.

나는 밤마다 잠을 설치면서 생각에 잠겼다. 이 낯선 땅에서 나는 무엇을 해야 하는가. 지금껏 살아온 삶을 돌이켜보면 나는 한 번도 삶의 답을 미리 구해보려고 하지는 않았었다. 갑자기 돌아가신 아버지가 그리워졌다.

아버지는 내가 대입 학력고사를 치르기 백일 전쯤 세상을 떠나셨다. 아버지가 돌아가시자 집안에서는 나에게 대학을 포기하라고 했다. 그러나 나는 가족들에게 내가 벌어서 대학을 가겠다고 자신했다. 그렇게 어려운 상황에서 나는 대학에 입학했다. 하지만 대학에서의 첫 학기는 내 성격에 맞지 않는 부분이 많았다. 생활비를 버는 일이 무엇보다도 급했기에 자연히 학교 생활에 소홀할 수밖에 없었다. 그리고 이내 학사 경고를 받았다. 나는 다시금 이를 악물었다. 다행히도 2학기부터는 상위권을 놓치지 않았고 장학금도 타게 되었다.

꿈 많던 그 시절, 나는 지금의 나를 있게 해준 한 남자를 알게 되었다. 세상에 대한 호기심으로 가득했던 20대 초반에 나는 태어나 처음으로 사랑이라는 것을 경험했다. 상대는 같은 과 선배였다. 대학 3학년 때 난 결혼을 하겠다고 선언해서 온 가족들의 혼을 다 빼놓았다. 전통적인 유교 집안에서 자라온 어머니는 금방 앓아 누우셨다. 나는 그래도 내가 선택한 삶을 살고 싶다는 이유로 뜻을 굽히지 않고 그와 결혼을 감행했다.

하지만 현실은 내 바람과 달랐다. 아직 철없고 멋모르는 대학생 며느리가 언제나 못마땅하기만 했던 시어머니는 아들을 며느리에게 빼앗겼다는 상실감에서 오는 스트레스를 나를 들볶아대는 것으로

풀었다. 남편은 결혼하자마자 취직이 되어 연수원에 들어가 있었고, 나는 시어머니 시누이와 함께 좁은 아파트에서 생활했다.

직장에 다니던 시어머니는 퇴근해 돌아오면 군대의 감시관처럼 제일 먼저 집안의 이곳저곳을 훑어보며 남아 있는 먼지가 있는지 살폈다. 만일 청소를 하다가 빠뜨린 곳이 있을 때엔 그것을 문제 삼아 그릇을 깬다든지, 냄비를 던진다든지 하면서 지극히 신경질적인 면을 보였다. 그때 나는 만삭의 몸이었고, 파출부처럼 일을 해야 하는 내 신세가 한심해서 참 많은 시간을 홀로 울었다. 친정 어머니도 무조건 참으란 말만 강조하며 내게 힘이 되어주지 못했다. 네가 선택한 결혼이니 너 스스로 지고 가야 한다는 어머니의 매몰찬 충고. 나는 어떻게든 견뎌야 한다는 강박관념과 시어머니의 학대에 이중으로 시달리고 있었다.

하지만 남편이 집에 오는 주말이면 시어머니는 언제 그랬냐는 듯 내게 다정하게 대해주었고, 그래서 그는 한동안 고부 사이에 일어나는 문제들을 모르고 지낼 수 있었다. 하지만 그것도 잠시, 연수를 마치고 서울에 올라오게 되자 남편은 하루도 가만히 내버려두지 않고 며느리를 들볶아대는 어머니와 나 사이에서 갈등하기 시작했다. 그런 가정 생활은 모두에게 크나큰 불행이었다. 그는 화가 나면 집기를 부수거나 자신의 머리를 벽에 부딪쳐 자학하는 어머니를 보면서 힘들어했고, 난 힘든 현실에 대한 대안으로 선택한 결혼이 잘못되었다는 것을 뼈저리게 실감했다. 내게 아무것도 해줄 수 없는 그를 원망하는 대신 난 점점 그에 대한 신뢰를 잃어갔다. 하지만 곧 아이가 태어났고, 세상에서 내 편이 되어줄 한 사람이 생겼다는 기쁨에 일종의 안도감마저 느꼈다. 그 무렵부터 난 좀더 강해져야겠다고 마음 먹었다.

아이의 백일 잔치가 끝난 후 또 시어머니와 한바탕 난리를 겪었다. 다음날 새벽, 난 모두가 잠든 시간에 아이를 데리고 집을 나왔다. 그것이 우리 부부의 첫 번째 별거였고, 그 후로도 그렇게 별거를 여러 차례 반복했다.

꿈에 부풀었던 결혼 생활은 내 인생의 새로운 시작이 되는 듯했다. 그러나 결혼하자마자 홀어머니에 외아들인 남편의 문제들이 일상에서 눈덩이처럼 커져갔다. 꿈에도 생각지 못한 고부간의 갈등이라는 것이 내 삶을 옥죄었다. 남편의 월급 봉투 한번 내 손으로 쥐어보지 못했다. 모든 것이 시어머니 중심이었다. 사랑이 빚어낸 결혼은 새 삶의 시작이 아니라 결국 시어머니를 비롯한 남편의 가족과의 혼돈스런 동거였던 것이다.

하지만 보수적이고 유교적인 집안에서 자란 내게 이혼은 쉽지 않았다. 내 편을 들어주는 사람은 아무도 없었다. 다들 그런 시집살이를 하고 사는 것이니 참고 살라고 했지만 그것은 나의 행복을 고려한 충고가 아니었다. 당시만 해도 이혼이란 게 지금처럼 흔치 않았다. 이혼녀로 살아가는 것은 《주홍글씨》의 주인공이 가슴에 평생 A라는 간음의 증거를 안은 채 살아가야 했던 것처럼 힘든 삶이 될 것이라 여겼기에, 모두 내게 인내만을 강요했던 것이다.

남편은 심성은 착했지만 결단력이 없었다. 게다가 난 무엇보다 어머니의 치마폭을 떠날 수 없는 사람과 평생 함께 산다는 게 이혼녀라는 이름으로 사는 것보다 더 싫었다. 사랑이라는 감정을 알게 해준 그였지만, 일생을 함께하기에 적합한 상대는 아니었다.

난 친척들과 주위의 따가운 시선에 시달리며 수차례 별거와 동거를 반복하다가 아주 긴 별거에 들어갔고, 그렇게 오랜 갈등 끝에 마침내 이혼을 했다. 이혼하기로 마음을 굳혔던 즈음, 나에게 쏟아지는 주변의 시선은 경멸 그 자체였다. 시집살이 하나 견디지 못하냐는 어른들의 비난 섞인 꾸중, 무조건 참고 견디며 시어머니와 남편의 성격에 자신을 맞춰 살았어야 했다는 충고 아닌 충고들, 이 모든 것들이 나로 하여금 다시 어금니를 물게 만들었다.

난 강해져야만 했다. 그리고 떠나야만 했다.

모든 것을 접고 결심한 미국행은 이혼에 대한 주위의 편견과 시달림 때문에 결코 편한 삶을 살 수 없는 현실을 직시했기 때문에 내린 결정이었다. 또한 이혼한 부모로 인해 아이가 주눅드는 것도 나는 견딜 수 없었다. 한국은 갓 이혼한 내겐 도저히 버틸 수 없는 나라였다.

미국에서 첫 직장을 얻고 나서야 난 비로소 결혼 이후 처음으로 깊은 잠에 들 수 있었다. 그 전까지는 늘 불면에 시달렸고 잠이 들었다 해도 항상 악몽을 꾸곤 했다. 신이 그토록 시기했다는 세계 최정상의 산맥을 거느린 히말라야, 그 거대한 산 중턱의 빙벽에서 추락하는 꿈까지 꾸었다. 나는 이제 그 꿈마저도 두렵지 않았다. 미국 땅을 밟은 지 한 달 만의 일이었다.

'우리 모두 리얼리스트가 되자. 그러나 가슴속에 불가능한 꿈을

가지자.'

　히말라야의 산 중턱, 이름 모를 나무에 기대 앉은 채 죽기를 희망
했던 쿠바의 혁명가 체 게바라의 글귀가 그 당시 내 가슴속에 문신
처럼 새겨져 있었다.

적을 미워하지 말 것, 생각이 흐려지니까. −마이클 콜리온

뒤집히지 않는 모래시계

내가 무턱대고 미국으로 유학을 떠날 수 있었던 배경에는 한국에서 벌여놓은 출판 사업에 대한 믿음이 있었다. 어차피 영어 원고를 쓰거나 번역하는 일은 미국에서도 충분히 할 수 있는 일이기 때문에 내 몫의 역할을 하고 월급을 받을 수 있을 거라 생각했고, 동업을 하던 선배나 친구 역시 내 제안에 전적으로 동의했다. 한국에서 한 달에 백만 원을 받는다면 미국에선 1,200달러나 되는 제법 큰 돈이었기 때문에 사는 데 아무 문제가 없을 것 같았다.

그런데 미국에 도착한 지 한 달 후, 선배는 약속한 것보다 적은 50만 원을 송금했고, 그 다음달에도 그러더니 그 후엔 연락이 끊기고 한푼도 입금되지 않았다. 결국 백만 원은 내가 출판사에서 받은 돈의 전부가 되었다.

나는 조급한 마음에 친구에게 전화를 걸었다. 친구는 자신도 무슨 영문인지 모른다고 했다. 출판사는 내가 미국으로 떠난 후에도 토익 서적을 두 권이나 더 펴냈고 총 다섯 권까지 낸 상태라고 했다. 판매도 순조로워 그만큼 수익이 있었는데도 왜 송금을 안 했는지 모르겠으니 선배와 직접 통화를 해보라며 친구는 말을 아꼈다.

떠나기 전날 선배가 했던 말이 떠올랐다. 동업 관계였기에 경제적 원조를 장담해왔던 선배가 "회사가 어려워지면 어떡하지"라며 나를 테스트하는 듯한 어조로 물었을 때 난 약간의 불안을 느꼈었다. 설마가 사람 잡는다는 옛말처럼 내 예감은 적중했다. 한국에도 없는 사람에게 돈을 보내주는 것이 억울했던 선배는 그렇게 오랜 시간 동안 쌓아왔던 나와의 신의 대신에 돈을 택했다. 선배는 내 전화를 계속 피했고, 겨우 통화가 되었을 땐 이미 딴사람이 되어 있었다. 회사에 직원도 더 써야 하고 계속 투자를 해야 하기 때문에 돈을 보내줄 수 없다는 것이었다.

이국 땅에서 처음 맛본 쓰라린 배신이었다. 객지 생활을 할 때 겪게 되는 가장 큰 어려움이 외로움이라고들 하지만 내게는 예기치 않은 배신이 또 다른 고통으로 다가왔다.

그나마 희망이었던 사람에게서 맛본 배신감은 나를 점점 더 두렵게 만들었다. 이국 땅에서 손 한번 써보지 못한 채 나의 결실들을 송두리째 빼앗겨야 했고, 뼛속까지 사무치는 배신에 대한 고통을 견디기 위해 나 자신과 싸워야 했다.

　이미 세워진 모래시계의 모래가 쉼 없이 아래쪽으로 떨어지듯이 내 통장에서는 시간이 갈수록 잔고가 비어갔다. 그것은 뒤집을 수 없는 모래시계와도 같았다. 통장이 점점 비어갈 때, 미움을 접고 생활에 뛰어들어야 한다는 결론에 다다른 난, 땅을 짚고 다시 일어섰다. 누군가를 미워하면서 그 자리에 머물러 있을 수만은 없다는 생각에 나는 당장의 삶과 투쟁을 시작했다.

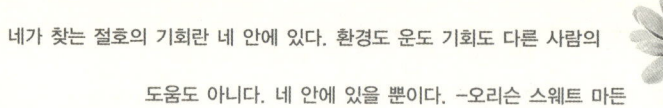

네가 찾는 절호의 기회란 네 안에 있다. 환경도 운도 기회도 다른 사람의

도움도 아니다. 네 안에 있을 뿐이다. -오리슨 스웨트 마든

웨이트리스는 아무나 하나

아이를 키우면서 직장을 다니고 살림을 한다는 것은 어느 나라에
서나 어려운 건 마찬가지다. 미국에서는 특히 초등학생 이하의 아이
를 집에 혼자 두는 것이 불법이다. 베이비시터를 구해야 했지만 그러
면 돈이 너무 많이 들기 때문에 그 당시 내 형편으로는 불가능했다.

아이가 학교에 입학할 때까지 두 달 동안 아홉 시부터 열두 시까
지, 내가 강의를 나가는 세 시간 동안 누군가가 아이를 맡아줘야 했
는데 마땅한 사람을 찾을 수가 없었다. 처음 며칠간은 아이를 혼자
집에 두고 밖에 나오지 못하게 했다. 만화영화 비디오와 간식거리를
마련해주고 나가 강의를 하고 끝나는 대로 서둘러 돌아오곤 했다.

제발 아이에게 별일이 없었기를 바라는 심정으로 문 앞까지 달려가며 늘 불안함에 시달리곤 했다.

그러던 와중에 나에게 행운이 찾아왔다. 강의를 시작한 지 며칠 후 아이와 함께 슈퍼마켓을 다녀오다가 한 한국 여자와 마주쳤다.

"이 아파트에 사세요?"

"예."

"저희도 여기 사는데 몇 호에 사세요?"

결혼해 미국에 온 지 얼마 안 된 그 여자는 낯선 이국 땅에서 만난 한국인을 보고 반가움을 감추지 못했다. 자기 집에 가 커피나 한잔 하자며 손을 이끄는 통에 아이와 나는 장을 본 물건을 그대로 든 채 그녀의 집에 들르게 되었다.

"어, 여긴 저희 옆집이네요. 저희 집은 203호인데."

이사한 지 몇 주가 다 되도록 얼굴 한번 마주친 적이 없었기에 그때까지 옆집에 누가 사는지 몰랐었다. 워낙 큰 아파트라 한국 사람과 마주치는 것도 쉽지 않았다. 이끌려 들어간 집에는 세 살 정도의 남자아이와 할머니 한 분이 앉아 있었다.

그녀는 선봐서 결혼한 뒤 영주권을 받을 때까지 한국에서 아이를 낳고 살다가 영주권을 받고 미국에 들어온 지 한 달밖에 안 된다고 했다. 말도 안 통하고 운전도 서툴러 친정 어머니와 아이 이렇게 셋이서 남편만을 기다리며 집에서 생활하고 있다고 했다. 아이의 이름은 종윤이었다.

나와는 사정이 달랐지만 종윤이네 가족은 내 사정도 친절하게 들어주었다. 내 사정을 듣고는 종윤이네 외할머니께서 말씀하셨다.

"그럼 내가 애를 봐줄 테니 나가는 길에 내게 맡기고 가요."

가만히 듣고 있던 종윤이 엄마도 할머니의 말을 거들었다.

"그렇게 하세요. 옆집이니까 서로 도와주면 되겠네."

그녀는 할머니의 말씀을 부담스러워하지 말라는 말도 덧붙였다.

그 가족과의 인연은 내가 미국에서 얻은 첫 번째 행운이었다. 그 후 한 달 정도 지났을 때 옆집 종윤이 엄마는 시간만 나면 내 손을 잡고 아파트를 돌아다니며 한국 사람들에게 나를 소개시켜주었다. 그들은 전부 이민 온 사람들로, 나처럼 아이를 데리고 홀로 유학을 와 있는 경우는 처음 본다고 했다.

아이가 초등학교에 입학하게 되자 생각지도 않았던 많은 손님들이 우리 집을 방문했다. 같은 아파트에 사는 한국인 아주머니들은 영어에 익숙하지 않았다. 그래서 자녀들이 학교에서 내준 숙제를 적어와도 어머니로서 전혀 도움을 줄 수가 없었다.

그들에 비해 비교적 영어에 능숙했던 나에게 그들은 앞다퉈 도움을 요청해왔다. 몇몇 아주머니들은 매일 아이들의 방과 후에 알림장이나 프린트물을 들고 와 그날의 과제가 무엇인지, 다음날 챙겨가야 하는 준비물은 무엇인지 등을 물어왔다. 그때부터 우리 집은 늘 사람들로 북적이게 되었다. 그들의 방문은 아이와 나의 외로움을 덜어주었다. 이가 없으면 잇몸으로 씹으면 되듯, 아이를 돌보는 문제는 아파트 내 아주머니들의 도움으로 쉽게 해결되었다. 종윤이 엄마를 만나기 전까지는 미국에서 이런 일이 일어나리라고는 상상조차 할 수 없었다.

　미국에서 돈을 버는 건 생각처럼 쉽지 않았다. 처음 해보는 토플 강의는 세 시간짜리였는데, 나는 그 세 시간을 위해서 매일 두 시간씩 강의 준비를 해야 했다. 전문대를 목표로 하는 학생부터 대학원 진학을 목표로 하는 학생까지 목표가 각기 다른 학생들이 수업을 들었기 때문에 그들의 영어 실력은 그야말로 천차만별이었다. 영어를 곧잘 하는 학생들은 이미 한국에서 어느 정도 토플 점수를 받아온 후 더 높은 점수를 받기 위해서 공부를 했다. 그들을 가르치는 일은 쉽지 않았다. 어느 정도 토플의 유형에 익숙해질 때까지 긴장을 늦출 수가 없어 다른 아르바이트를 할 시간적 여유를 가질 수 없었다.

　하지만 돈이 그리 많지 않았기 때문에 손을 놓고 어떻게 되겠지 하며 마냥 기다리고 있을 수도 없는 노릇이었다. 잠을 줄여서라도 일을 해야만 했다. 나는 틈나는 대로 신문 구인란을 열심히 뒤적거렸다. 한인 신문의 구인란에는 주로 영업직이나 식당 웨이트리스 모집 광고가 가장 많은 지면을 차지하고 있었는데, 영어 외엔 별다른 재주가 없던 나에게는 강사직 말고는 선택의 여지가 별로 없었다.

　그러던 어느 날, 신문을 뒤적이다가 AT&T 전화 회사에서 파트타임 직원을 모집한다는 광고를 보게 되었다. 전화로 문의해보니 가든 그로브 지역의 한인 타운 사람들을 AT&T 전화 회사에 회원으로 가입시켜 수수료를 받는 식이었다. 주말을 이용해 일을 할 수 있을 것 같아 나는 우선 한 달만 해보겠다고 했다. 집 근처에 있는 대형 한인 슈퍼마켓에 홍보용 탁자와 의자를 갖다놓고 사람들에게서 AT&T

가입 신청을 받아내는 일이었다.

　처음에는 모르는 사람들을 붙잡고 홍보하는 일이 어색하고 쑥스러웠다. 간혹 같은 아파트에 사는 한국 사람들이나 내가 가르치는 제자들을 만나면 서로 당황해서 어색한 웃음을 짓기 일쑤였다. 하지만 어차피 해야 하는 일이라면 같은 시간 내에 최대의 수익을 올리자는 결심으로 체면을 버릴 수밖에 없었다. 슈퍼마켓에서 나오는 사람들에게 다가가 AT&T에 가입했을 경우 주어지는 특전이나 현금 보너스 제도 등을 내세워 적극적으로 홍보했다. 목표를 향해 나아가는 데 필요한 정당한 수단이라면 창피하게 여길 이유가 없다고 생각했다.

　첫 달 4일 동안 열여섯 시간 일하고 180달러짜리 수표를 수당으로 받게 되었다. 제법 큰돈이었지만 아직도 생활비는 턱없이 부족하기만 했다. 그런 식으로 돈 버는 방법을 조금씩 터득하게 되자 욕심이 생겼다. 일이 없는 주말을 이용해 또다른 아르바이트를 해보고 싶었다.

　주말 아르바이트를 위해 나는 다시 신문을 뒤적였다. 이곳저곳 전화를 하던 중 한 중국집과 통화가 되었다. 내가 사는 곳에서 20분 정도 떨어진 그 중국집에서는 토요일은 풀타임, 일요일은 오후에 파트타임으로 일할 사람을 구하고 있었다. 웨이트리스 일은 한 번도 해본 적이 없었지만 남들 다 하는 일이니 나도 할 수 있을 거라는 생각이 들어 주저없이 하겠다고 했다.

　토요일 아침 열 시부터 밤 열 시까지, 나는 열두 시간 동안 생전 처음 해보는 웨이트리스 일을 시작했다. 테이블에 그릇을 세팅하고, 빈 양념통을 채우고, 주문을 받고, 식사 후에는 계산서를 갖다주고, 손님이 나가면 테이블보를 갈아주는 등 생각보다 손이 많이 가는 일이었다.

열두 시간 동안 한 번도 의자에 앉지 못하고 선 채로 일을 하면서 나는 강의를 할 때는 느끼지 못했던 육체적인 고통을 처음으로 맛보았다. 퉁퉁 부은 다리, 피곤해서 푸석푸석해진 얼굴과 손, 매 끼니를 기름진 자장면과 볶음밥으로 때워야 하는 상황, 그마저도 급하게 먹다보니 매번 소화를 잘 시키지 못해 더부룩한 상태로 일을 해야 했다.

주말 내내 중국집 웨이트리스로 일을 하다가 집으로 돌아가면 아이는 항상 피곤에 지친 엄마를 걱정스러운 눈으로 쳐다보았다.

"엄마, 어디 아파?"

처음으로 내가 선택한 모든 것들이 과연 잘한 일인지 회의가 밀려들었다. 정신력 하나로 버텨가려 했지만 일주일 내내 하루도 못 쉬고 긴장하며 살았던 탓인지 심한 몸살에 앓아눕고 말았다. 먹는 것이라도 잘 챙겨 먹었어야 했는데 돈을 아껴야 하는 상황에서 가장 먼저 줄일 수 있는 게 식비였다. 아이에겐 영양 부족이 오지 않을 정도의 식단을 짜서 제공했지만 나 자신을 챙기는 일엔 소홀했던 것이다. 아침에 커피 한 잔과 빵 한 조각, 강의가 끝난 다음에 빵 한 조각, 저녁엔 찬밥에 국 한 그릇. 이것이 몇 달 동안 내가 먹었던 음식의 전부였다. 그리고 일주일에 한 번은 아이와 외식을 나가 99센트짜리 가장 싼 햄버거 하나씩을 사먹었다.

좀더 싼 집이 있다는 걸 알았다면 난 월 임대료 4백 달러 정도의 집을 구했을 것이다. 경제적으로 쪼들리며 내 수준에는 벅찬 임대료를 내며 살았던 것은 미국 생활에 대한 사전지식이 전혀 없었던 나의 무지에 따른 결과였다. 그도 그럴 것이 남편이 레지던트였던 사촌 동생은 병원 안의 아파트에서 생활하고 있었기에 싼 집에 대한 개념이 나와는 많이 달랐다. 그녀의 눈높이에서 싼 집은 결국 내겐 엄청나게 비싼 집이었던 것이다. 이사를 가려면 여러 가지 부대 비용이 들기 때문에 우선 견뎌보려고 했고, 그 결과 과로로 인해 영양실조와 몸살이 한꺼번에 찾아온 것이었다.

윗니와 아랫니가 제맘대로 부딪칠 정도로 온몸이 덜덜 떨렸다. 이불 속에서 고열에 시달리느라 나는 그날 AT&A 파트타임 일을 처음으로 빼먹게 되었다. 중국집 일도 나갈 엄두가 나지 않아 식당에 전화해 사정을 설명했다.

"학생, 이런 일 할 만한 체력이 안 되는 것 같던데, 좋은 경험했다 생각하고 좀더 편한 일 찾아봐요. 웨이트리스는 아무나 하나."

그리고 난 마지막 열두 시간 일한 것에 대한 일급을 받지 못했다.

한 차례 큰 몸살을 앓은 후 어느 날이었다. 핼쑥해진 얼굴로 강의실 밖에 앉아 있는데 한 여학생이 다가와 이런 말을 했다.

"저, 선생님 토플 점수를 급하게 빨리 받아야 하는데 학교 수업만으로는 부족한 것 같아요. 혹시 시간이 되신다면 개인 과외를 좀 해주시면 안 되나요?"

한바탕 전쟁을 치르듯 몸살을 앓은 내게 좀더 버텨보라고 신이 주신 또 하나의 선물은 개인 교습이었다. 그 후 유학 생활을 접을 때까지 나는 수많은 학생들을 대상으로 과외를 했다.

지금 생각해보면, 모든 행운은 불운을 안고 있는 사람에게만 의미가 있는 것 같다.

바닷가 옆 도서관 풍경

누군가 나에게 미국 생활 중에서 가장 잊혀지지 않는 시절이 언제였냐고 묻는다면, 나는 항상 내가 처음으로 뿌리를 내렸던 가든 그로브 시절을 말할 것이다. 심리적으로나 육체적으로나 가장 고생스러웠던 시절, 그러나 그 시절 내가 품었던 희망과 꿈은 세상에 태어난 이후로 가졌던 그 어떤 꿈보다도 원대했고, 그 꿈 하나로 인해 모든 고통도 편안하게 받아들일 수 있었다.

그때 난 아무리 힘들어도 반드시 대학원에 진학해야 한다는 목표를 한순간도 잊은 적이 없었다. 별거를 하고 이혼을 하던 어려운 시절에 난 방황하면서도 영문학 석사 학위를 취득했다. 공부는 언제나 내가

40

고통에서 헤어나올 수 있게 해주는 근사한 수단이 되어주었다.

난 그 전부터 미국에서 학교를 다녀보고 싶었다. 고등학교 시절부터 미국에 가고 싶다는 막연한 동경을 하긴 했지만 구체적으로 미국 유학을 계획할 형편이 안 되었기 때문에 접어두고만 있었다. 한국에서 아르바이트로 AFKN 라디오의 아나운서들을 돕는 일을 하며 만나게 된 많은 미국 친구들과 대화를 하면서, 나에게는 좀더 넓은 세계에서 뭔가를 배워보고 싶다는 꿈이 생겼다. 어떤 공부를 해야 할지 구체적으로 정해놓은 것은 아니었지만 정말 내 인생의 궤도가 바뀔 만한 것을 배우고 싶었다.

강의에 어느 정도 적응이 되어갈 무렵 과외를 하게 되면서 수입도 제법 늘게 되었다. 그러자 이제는 내가 토플 시험을 볼 때가 되었다는 생각이 들었다. 강의를 시작한 지 3개월 정도 지나자 나는 오전 강의 대신 오후 강의를 맡게 되었다. 그래서 과외 시간 외의 아침 시간은 시험 준비에 쏟기로 했다. 당시 생활은 아주 잘 짜여진 각본과 같았다.

초등학교에 들어간 아이를 차로 학교까지 데려다주고 나서 나는 곧바로 차로 15분 거리에 있는 헌팅턴 비치로 향했다. 그 바닷가 뒤쪽에 있는 헌팅턴 도서관은 아이가 수업을 마칠 때까지 내가 공부를 하는 곳이었다. 나는 거기에서 아이가 학교를 마치는 시간까지 토플과 GRE 시험을 준비했다. GRE는 대학원 입학을 위한 필수 시험 과목으로 유학생뿐만 아니라 미국인들도 반드시 치러야 하는 시험이었기 때문에 토플보다 훨씬 어렵고 준비 과정도 길게 잡아야 했다.

영어와 수학 두 가지 과목으로 구성된 시험이었는데 대부분의 한국 유학생들이 영어에서 점수가 깎이고 수학에서 점수를 얻는 데 비해 난 정반대였다. 난 어릴 때부터 수학이라면 거의 졸도할 정도로 싫어했는데 어떻게 해야 할지 난감했다.

따스한 오전의 햇살이 은은하게 해변을 비추는 풍경은 내 마음을 아주 평온한 길로 인도했다. 가끔은 도서관에 들어가기 전 혼자서 해변을 거닐기도 했는데, 바닷가 옆 도서관에서 공부를 한다는 것은 말 그대로 상상만 해도 기분 좋은 일이었다. 정해진 시간 동안 최대한 집중해서 공부를 하면서도 나는 내가 왜 이런 고생까지 해가며 공부를 해야 하는지 해답을 얻기 위해 노력했다. 헌팅턴 비치에 울려퍼지는 파도 소리는 언제나 나에게 그 이유를 '꿈'을 갖고 있기 때문이라고 말해주었다.

어느덧 미국에 온 지 반년이 되자 나도 아이도 안정을 많이 되찾아갔다. 이혼의 아픔도, 배신의 아픔도, 캘리포니아의 밝은 햇살이 모두 치유해주었다. 아이도 한국에서와는 달리 많이 밝아져 있었다. 영어를 제대로 모르면서도 아이들과 뛰어놀고 학교를 다니고 하면서 제법 빨리 말을 배워가고 있었다.

첫 번째 학기 말에 나의 아이는 모범상을 탔다. 워낙 말수가 적고 얌전한 동양 아이가 선생님의 눈에는 모범생 같아 보였나 보다.

"엄마, 저는 영어를 몰라서 항상 조용히 앉아 있었을 뿐인데요?"

6월이 되자 아파트 수영장에 꼬마들이 모여들어 얼굴이 까매지도록 햇빛을 받으며 수영을 하고 놀았다. 바닷가 도서실에서 햇살을 받으며 앉아 있는 시간 말고 또 하나의 즐거움은 눈에 띄게 밝아진 아이의 해맑은 얼굴을 바라보는 것이었다.

"엄마, 공부하는 거 힘들지 않아요? 나도 크면 엄마처럼 공부 열심히 해야지."

아이의 맑은 눈동자가 내게 말했다. 꿈을 가진 사람에게 세상이 아름답다고.

각각의 친구는 우리 안의 세계를 말해줘요. 그들이 도착할 때까진 존재하지도

않는 세계랍니다. 이런 만남만이 새로운 세계를 만들어낼 수 있는 거죠. −안나 닌

미국을 찾은 유학생들

유학생들을 가르치다 보니 사람들마다 미국에 온 사연도 가지각
색이었다. 잘나가던 대기업을 그만두고 영화를 공부하러 왔다는 K,
한국에서 대학에 떨어지자 남들 보기 민망하다며 부모님한테 등 떠
밀려 왔다는 P, 음악 공부를 하고 싶어서 기타 하나 들고 무작정 건
너왔다는 S, 서른이 넘도록 좋은 인연을 못 만나자 결혼을 단념하고
하고 싶은 공부나 더 하러 왔다는 L, 한국에서 제일 큰 기획회사의
팀장직을 버리고 공부를 하겠다며 가족을 모두 데리고 온 K 등 그
들의 사연은 매우 다양했다.

첫 학급에서 만난 유학생들과 얼마 지나지 않아 오래 사귄 친구처

럼 친해졌다. 외로움이라는 공공의 적을 물리치기 위해, 유학이라는 공공의 목표를 달성하기 위해 모두들 공동체 의식을 가지고 똘똘 뭉치게 되었다.

그들은 가끔씩 수업이 끝난 후 점심식사를 함께 한다든가, 바닷가 레스토랑에서 맥주를 마시며 이야기꽃을 피운다든가, 저녁에 한 집에 모여 바비큐 파티를 하며 외로움을 달랬다.

나는 아이 때문에 저녁에 집을 비울 수가 없어 우리 집에서 파티를 하는 경우가 종종 있었다. 각자 맡은 음식을 집에서 준비해오는 Potluck 파티를 하면 장소를 제공하는 사람이나 초대를 받아서 오는 사람이나 서로 불편하지 않아 좋았다. 아이는 집에 손님이 오는 것을 무척 좋아했기 때문에 파티가 열리는 날이면 깡충깡충 뛰며 사람들 사이를 누비고 다녔다.

다음날 강의가 없는 금요일 저녁에 파티를 할 때면 좀더 여유 있게 시간을 보낼 수 있었다. 때론 해변을 드라이브하다가 U.C. Irvine 대학에 들러 교정을 둘러보면서 조만간 우리 중 누군가의 모교가 될 것이라며 즐거워하기도 했다.

한국에서라면 편견을 갖고 대할 수도 있었을 테지만 그들 중 누구도 아이를 데리고 혼자 사는 날 이상하게 보거나 껄끄럽게 대하지 않았다. 그들에게 나라는 존재는 아이와 함께 열심히 살아가는 영어 강사로 기억되었다. 로마에 가면 로마의 법을 따르라고 해서인가, 모두들 한국에서와는 사뭇 다른 변화된 생각을 갖고 있었다.

바비큐 파티에 늘 참석해오던 J는 1년쯤 지났을 때 학교를 포기하고 영주권을 따야겠다며 중부의 어느 주에 있는 닭고기 가공 공장에 취직을 했다. 홀로 된 어머니와 함께 사는 그 친구로서는 공부보다 어머니를 모시고 사는 일이 더 중요했을 것이다. 그곳에 취직해 한 두 해 동안 닭털 뽑는 일을 하면 영주권이 나온다는 소리를 듣고 신청을 했는데, 다행히도 영주권을 취득한 모양이었다.

2~3년 뒤 연락이 닿아 다시 한번 바비큐 파티를 열었을 때, 그 친구를 제외한 30여 명의 유학생 모두가 자신이 가기로 한 길을 걸어가고 있었다. 모두 학교 생활 하느라 바빠 보였고, 목표를 달성했다는 성취감 때문에 훨씬 자신감에 넘쳐 있었다. 하지만 그 시절 가든 그로브에서 서로에게 느꼈던 동질감이나 공동체 의식은 훨씬 약해져 있었다.

가는 길이 서로 다른 사람들이기에 굳이 옛시절 운운하며 발길을 멈출 필요는 없었다. 고지에 이르러 자신의 목표를 이뤘을 때 다시 웃으며 만날 수 있을 테니 서운해할 이유도 없었다.

석사 과정을 거의 마쳐갈 무렵 바비큐 파티 멤버 중 한 학생이 박사 학위를 받고 귀국을 한다며 인사차 전화를 걸어왔다.

"선생님, 그때 정말 재미있었어요. 좋은 추억이 될 겁니다. 선생님이 그때 저희들에게 큰 힘이 되어주셨듯, 선생님도 저희를 기억하시며 끝까지 포기하지 마세요."

그의 마지막 말이 내게 큰 힘이 되어주었음은 물론이다. 그들로 인해 힘든 미국 생활 중에도 진한 인간애를 느낄 수 있지 않았나 생각한다.

기회의 문은 열려 있지 않다. 하지만 그것들은 잠겨 있지도 않다. 문의
손잡이를 돌려 여는 것은 바로 당신 몫이다. ─릴리 테일러

가든 그로브를 떠나며

흐르는 강물을 바라보고 있으면 누구나 아름다운 물결에 매료되기 마련이다. 그러나 물결이 아름답다고 해서 바가지로 퍼서 담아놓고 보면 더 이상 그 아름다움을 느낄 수가 없다. 흐르는 것은 흐름 그 자체에 아름다움의 비결이 있기 때문일 것이다.

나에게 유학 생활의 의미는 내가 세운 목표를 달성하기 위해 끊임없이 흘러가는 것이었다.

미국에 온 지 어느덧 9개월이 흘렀을 때, 나도 서서히 목표를 정하고 도전을 감행할 때가 되었음을 깨달았다. 토플 시험에서 이미 높은 점수를 받아놓기는 했지만, 아직 GRE(대학원 입학 시험)가 남아 있었다.

GRE 시험 준비에 박차를 가하고 있던 어느 날, LA의 한 학교에서 전화가 왔다. 동료 강사 중 정치학 박사 과정에 있던 한 분이 LA로 옮겼는데, 그곳 학교에서 영어 강사를 구한다는 얘기를 듣고 나를 적극 추천했다고 전했다. 그는 나보다 한 살 많은, 정말 박식하고 학자다운 사람이었다. 아이를 데리고 유학을 왔다는 사실에 감동한 그는 조금이라도 내게 보탬이 될까 하는 마음에서 학교장에게 내 사정을 전하며 더불어 전화번호를 주었다고 했다.

"급하게 토플 선생님을 구하고 있습니다. 면접을 보실 의향이 있으신지요?"

LA에서 가든 그로브까지는 한 시간 거리였다. 만일 면접에 합격하게 되면 매일 한 시간이나 되는 거리를 출퇴근하거나 아예 LA로 거처를 옮기는 수밖에 없겠다는 생각이 들었다.

"면접을 보겠습니다."

면접은 쉽게 통과했다. 게다가 처음 강사를 할 때에 받았던 보수 15달러보다 시간당 5달러가 더 많은 20달러를 받을 수 있었다. 그리고 수업 시간도 한 시간 더 많이 할당해주겠다고 했다.

1천6백 달러 정도면 집세를 거뜬하게 내고도 남았다. 거기에 유학생 상대 영어 과외를 두세 건만 더 하면 대학원 학비도 해결할 수 있을 것 같았다. 나는 그것이 내게 찾아온 기회라는 생각이 들었다. 기회는 왔을 때 잡아야 한다.

나는 서둘러 집을 구하고, 아이의 전학 수속을 밟고, 주소 이전 신고를 하는 등 LA에서의 생활을 차근차근 준비해갔다. 첫 직장에서 만난 학생들이 환송회를 마련해주었고, 그들을 뒤로한 채 미련 없이 가든 그로브를 떠났다.

떠나던 날, 나는 그 동안 아이를 돌봐준 옆집 종윤이네와 헤어지는 것이 유난히 안타까웠다. 낯선 타국 땅에서 상상도 못한 호의를 베풀어준 종윤이 할머니께 몇 번이고 감사의 인사를 전하며 고마운 마음을 평생 가슴에 안고 가겠다고 했다. 그렇게 해서 처음 미국 생활을 시작했던 곳을 떠나 다시 낯선 도시 LA로 가게 되었다.

나는 이삿짐 차를 손수 몰면서(미국에서는 차를 빌려 스스로 이사를 하는 경우가 많다) 다시금 새로운 결심을 했다. 미국 생활 9개월 동안 많은 사람들에게 신세를 졌으니 이에 보답하기 위해서라도 하루하루 최선을 다해 열심히 살겠노라고……

LA에서 맞은 첫날밤은 쉽사리 잠을 이룰 수가 없었다. 짧은 시간이나마 가든 그로브에서 만난 인연들, 그 동안 있었던 크고 작은 일들, 그리고 앞으로 해야 할 일들을 생각하며 밤새 몸을 뒤척였다. 이제 어느 정도의 낯설음은 오히려 반갑기까지 했다. LA가 아직은 낯설지만 이 또한 곧 적응이 되리라는 것을 알았기에 처음 미국땅을 밟을 때처럼 긴장되지는 않았다.

사촌 동생 집에서 보냈던 미국에서의 첫날밤이 생각났다. 하늘을 가르던 총성과 사이렌 소리, 불안감과 함께 엄습해오던 미래에 대한 막막함……. 어쩌면 그런 것들마저도 그리워질지 모른다는 생각이 들었다.

난 절대 학교 교육이 나의 교육을 방해하게 내버려두지 않았다.

−마크 트웨인

종교인도 영어를

LASC(유학생 전문 학교)에서 첫 수업을 하던 날이었다. 대부분의 여학생들이 남자 선생님이 담당하는 반으로 옮겨갔다. 새로 온 강사가 여자라는 게 별로 마음에 들지 않았던 모양이다. 한국도 지역에 따라 분위기가 사뭇 다르듯, 가든 그로브 학생들과 LA 학생들도 다른 면이 있었다. 가든 그로브에서 경험했던 학생들과의 친밀한 관계는 좀처럼 어렵겠다는 생각이 들었다. LA 학생들은 좀더 개인적이고 세련되었으며 경제적으로도 여유가 있었다.

수업이 제자리를 찾아가면서 나는 다시 과외 교습을 시작했다. LA에서 만난 과외 학생 중 한 명은 자그마한 성당의 수녀님이었다.

수녀님은 미국 영주권자라서 미국에 뿌리를 내리려고 했는데 영어 실력이 너무 부족해 영문법을 배우게 되었다고 했다. 수줍음이 유난히 많았던 삼십대의 수녀님은 수업을 받을 때 언제나 내게 '선생님 …하세요' 라고 존칭을 쓰며 자신을 낮추었다.

LASC 학교 수업을 듣는 학생 중에는 스님도 한 분 있었다. 까까머리 승복 입은 스님이 교실 한가운데 앉아 조용히 수업을 듣고 있노라면 강의를 하는 내 시선이 자꾸 스님에게 멈추곤 했다.

'저분은 왜 토플이 필요한 걸까?'

호기심 어린 눈으로 내가 자꾸 쳐다보자 스님은 쉬는 시간에 내게 다가와 사탕 한 주먹을 불쑥 내밀었다.

"중이라고 영어 공부 하지 말라는 법 있나. 여기서 살려면 누구나 열심히 해야지."

마치 내 마음을 들켜버린 것 같아 얼굴이 붉어졌다.

그런데 참으로 이상한 것은 수녀님께 영어를 가르치는 동안 좋은 일들이 유난히 많이 생겼다는 점이다. LA 한인 방송 라디오에서 영어 회화를 해보자는 제의가 들어와 생각지도 않은 라디오 방송을 진행하게 되었다. 게다가 과외 교습도 몇 건 더 들어와 경제적으로도 보다 여유로워졌다.

당시에는 아이러니컬하게도 어떤 점쟁이 한 분도 고액을 줄 테니 영어 공부를 시켜달라고 제의를 해왔다. 직업에 귀천이 없다고는 하지만 수녀님과 동시에 가르친다는 것이 어쩐지 마음에 걸렸다. 망설이다가 수녀님께 그래도 괜찮을지 물었다.

"그거야 선생님 좋을 대로 하세요. 빨리 돈 모아서 대학원 가야 하는데 나쁜 일도 아니고 가르치는 일인데 무슨 문제겠어요."

수녀님의 동의를 구한 나는 남는 시간에 점쟁이 아주머니를 찾아갔다. 한국에서 일류 대학을 나왔다는 그녀는 신이 내려 그 일을 시작했다고 했다.

"얼마 전 운전을 하다가 흑인 동네로 길을 잘못 들었어. 헤매는데, 어둠은 다가오고 영어는 몰라 내려서 물어볼 수도 없잖아. 주변에는 덩치 큰 흑인들만 가득하지 언뜻 보기엔 모두 위험한 사람들로 보이고 해서, 차 안에서 떨고 있다가 옷에 실례를 했지 뭐야."

점쟁이 아주머니는 그 후로 영어 공부를 결심했는데 마침 라디오 방송을 듣고 내 연락처를 알아내어 과외를 신청했다고 했다. 두어 달 배우다 그만둔 그 아주머니는 암기력이 가히 천재적이었다. 명문 대학원에 들어간 학생을 여러 명 가르쳐봤지만 그 아주머니만큼 학습 능력이 뛰어난 사람은 보지 못했다. 신이 내리지 않았어도 그 정도 머리라면 충분히 사람의 마음을 읽을 수도 있을 것 같았다.

목사님들도 내 수업의 단골손님이었다. 유학생들 중에는 신학대학을 목표로 공부하는 학생이 유난히 많아서 한국에서 목사로 재직하다가 공부를 더 하기 위해 왔다는 목사님들을 여러 명 만났다.

"이제는 경쟁 시대라서 종교인도 영어 공부를 해야 합니다. 뛰어나지 않으면 살아남기 힘든 현실입니다."

목사님의 말씀은 '적자생존'이라는 말을 새삼 상기시켰다. 강해야 살아남을 수 있고 살아남기 위해선 강해져야 한다. 삶의 바다에서는 성직자들이라 해도 예외가 될 순 없었다.

이렇게 나이, 종교, 국적을 불문하고 누구라도 배움에 목말라한다면 난 그들에게 좋은 선생이 되어주고 싶었다. 물론 그 후 개인 교습을 맡았던 일본인, 중국인들에게도 마찬가지였다.

하지만 이렇게 다양한 종교인들에게 영어를 가르치면서도 남들처럼 교회나 성당에 나갈 생각을 할 수는 없었다. 우선 외로움 때문에 종교에 의지하고자 하는 건 나쁘다는 생각이 들었다. 그리고 순수하게 종교에 귀의하고자 해서가 아니라 사람들을 만나기 위해 종교를 갖는다는 것도 맘에 들지 않았다.

나 자신에 대한 믿음의 뿌리를 굳건히 간직하는 것만큼 커다란 믿음은 없다는 것이 나의 생각이었다. 그것이 내 삶을 더욱더 안정되고 바른 쪽으로 가꾸어갈 수 있는 길이라고 나는 믿었다.

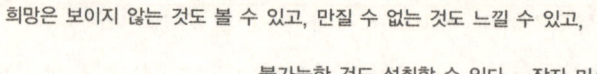

희망은 보이지 않는 것도 볼 수 있고, 만질 수 없는 것도 느낄 수 있고,

불가능한 것도 성취할 수 있다. ─작자 미상

수학은 제로입니다

내가 가르치던 학생들이 하나 둘 원하는 대학에 입학하게 되자 조금씩 조바심이 나기 시작했다. 평생 다른 사람들을 가르치며 학교에 보내주고 나는 이렇게 답보 상태에서 삶을 이어갈 것 같다는 생각에 두려움마저 느껴졌다.

영문학을 공부하고 싶어서 여러 학교의 입학 안내 팸플릿을 받아보기도 했지만 아직까지 내 생활 여건과는 맞지 않는 곳이 다반사였다. 나에게는 무엇보다도 생활비를 벌면서 다닐 수 있는 학교가 필요했다. 그러자니 당연히 공부하기 쉬운 학과를 선택할 수밖에 없었다. 또 주간보다는 야간에 다닐 수 있는 대학원이 훨씬 유리했다. 특히 아이와 나의 여건을 충분히 고려해 선택할 수밖에 없었기 때문에 나는 가장 먼저 영문학과를 제외시켜버렸다. 한국에서 받은 영문학 석사 학위도 당시에는 별로 써먹을 곳이 없었고, 내가 교수를 목표로 하지 않는 이상 영문학을 계속한다는 것은 어리석게 느껴졌다.

지극히 현실적인 선택을 하고자 하니 TESL(Teaching English As a Second Language) 과정이 눈에 들어왔다. 영어교육학은 내가 하는 일과도 궁합이 딱 들어맞는 학과였다. 한편 마음속으로는 법대를 가고 싶은 생각도 있었다. 교육학과보다 현실성은 없지만 좀더 탄탄한 미래가 보장되는 전공이었다. 하지만 내겐 무시할 수 없는 현실이 있었다. 한 아이의 엄마이며 고학을 해야 한다는 것. 나는 또 한번 선택의 기로에 섰다.

'최선을 다하되 가능성 있는 일에 투자하자.'

나는 사랑하는 아이와 나의 미래를 위해 판단을 내렸다.

영어교육학 석사 학위를 목표로 삼고 내가 갈 만한 학교를 알아보았다. LA 근교에서 TESL 석사 학위를 수여하되 야간 과정이 있는 학교는 그리 많지 않았다. 몇몇 학교들 중 UCLA(University of California in Los Angeles)를 가장 가고 싶었지만 수업은 영어학 위주에다 강의는 모두 주간에 있었다. 아쉽지만 그 학교를 제외하고 나니 USC(University of Southern California)가 남았다.

USC는 집에서 20분 거리에 위치해 있었고, TESL 분야에서 20위 안팎을 차지하는 제법 내실 있는 명문 사립이었다. 나는 우선 학비는 고려하지 않기로 했다. 입학이 되면 그때 고민해도 늦지 않다고 생각했다.

한국에서 어렵게 대학을 다닐 때부터 나름대로 터득한 신조가 하나 있었으니, 일단 저지르고 나면 일은 풀리게 되어 있다는 것이었다. 햄릿처럼 'To be or not to be'를 너무 오래 고민하다 보면 어느새 중요한 기회가 금방 지나가버릴 수도 있기 때문이다. 일단 기회부터 잡아놓고 봐야 한다는 게 나의 지론이었다. 그리고 아직 이런 나의 배짱이 엇나간 적은 한 번도 없었다.

USC를 목표로 하고 GRE 시험을 최종적으로 정리하고 있었다. 그런데 마침 학교 측으로부터 GRE 과목 수업을 하나 맡아줄 수 있겠느냐고 제안을 해왔다. 나는 남을 가르치면서 마지막으로 총정리를 하는 것만큼 효과적인 것은 없다고 생각하고 두말 없이 제안을 받아들였다.

마침내 GRE 시험을 보고 결과가 나왔다. 예상대로 영어 과목에서는 좋은 점수를 받았지만 수학은 턱없이 낮은 점수였다. 나는 USC에 입학 신청서와 필요한 서류들을 모두 갖춰 보냈다.

USC에 지원하기로 마음먹기 전에 학교를 찾아가 그곳 교수에게 상담을 받은 적이 있었는데 그때 나는 수학 점수가 약하게 나올 것 같다고 솔직하게 말했다. 그러자 상담 교수는 내게 이렇게 충고했다.

"교육학은 이과가 아니니 수학 점수 나쁜 것이 입학 거절의 결정적 사유가 되진 않을 겁니다. 다른 쪽에서 탁월하다는 것을 증명하는 편이 훨씬 낫지요."

그의 말대로 나는 형편없는 수학 점수를 숨기는 대신에 솔직하게 밝히기로 했다.

입학 지원 동기를 쓰는 'Statement of Purpose'란 편지에서 나는 그 동안 내가 영어 강사로서 얼마나 많은 경험을 쌓아왔는지, 그리고 내 나름의 교육 철학에 대해 강조했다. 언제 태어났고 가족관계가 어떻고 과거에는 어땠다라는 사실을 늘어놓는 대신에 학교에 지원하게 된 동기와 USC가 나의 꿈을 이루는 데 어떤 면에서 적합한 곳인지를 힘주어 강조했다. 그리고 내가 Single mother(아이를 혼자 키우며 사는 여성)란 사실도 떳떳하게 밝혔다.

완성을 한 후 친구 랄프가 교정을 도와주었다. 영화과 대학원을 졸업해서 카피라이팅을 부업으로 하고 있던 랄프는 내게 훌륭한 조언자가 되어주었다. 학교에서 원하는 방식으로 문장을 서술하려면 입학 동기와 학교를 선택하게 된 계기, 그리고 한 아이의 엄마로 가장 역할을 하면서도 꿈을 저버리지 않고 공부를 해야겠다고 결심하게 된 이유 등을 좀더 구체적으로 밝혀야 한다고 충고해주었다.

어느덧 결과가 나오는 날, 나는 가슴을 졸이며 하루 종일 편지를 기다렸다. 마침내 우체통에서 편지를 꺼냈던 순간 대학 입학 시험을 치렀을 때의 기분이 되살아났다. 긴장한 채로 편지 봉투를 열어보니 결과는 합격이었다.

그날 입학 승인 편지를 받아쥔 나는, 혼자 우체통 앞에 서서 기쁨의 눈물을 하염없이 닦아냈다.

이상한 일은, 매일매일 아무런 변화가 일어나지 않는 것 같지만

곧 모든 것이 변화한다는 것이야. -캘빈과 홉스

아이가 떠들어서

USC 입학이 확정되자 난 그 동안 과외를 해서 모아두었던 돈을 계산해봤다. 첫 학기 학비를 댈 정도는 되었다. 등록금을 내고 오던 날 나는 웬일인지 허탈해졌다. 학위를 하나 더 받기 위해 이렇게까지 안간힘을 써야 하는지 회의가 밀려오기 시작했다. 이미 실력 있는 영어 강사로 인정받고 있는 상황에서 교육학 석사 학위를 또 가질 필요가 있을까라는 의문이 자꾸 고개를 들었다.

여건상 포기해야만 했던 법대에 미련이 남아서였을까. 하고 싶은 일을 하는 대신 할 수 있는 일을 하기로 한 내 결정이 옳은 것인지 마음속으로 확신이 서지 않았다. 그때까지 나의 내면에 나름대로 충

58

실히 자리잡고 있던 원칙들마저도 들판의 갈대처럼 흔들리기 시작했다.

내가 고민을 거듭하는 동안 어느덧 첫 수업 시간이 다가왔다. 일단 고민은 접고 어차피 여기까지 왔으니 학교 수업에 충실하자고 마음을 다잡았다. 첫 수업 시간은 제2 외국어로서의 영어 이론에 대한 수업이었다. 노교수가 들어와 자기 소개를 하고 커리큘럼에 대해 설명을 시작했다. 앞으로 배울 내용들은 내가 이미 책으로 읽어 알고 있는 내용이었던데다가 대학원 첫 학기 수업이어서인지 비교적 쉬운 내용들로 구성되어 있었다.

수업 시간 내내 다시금 고민들이 고개를 들기 시작했다. 과연 지금 나는 있어야 할 곳에 제대로 있는 것인가? 노교수의 강의가 저 멀리 외부 세계에서 울려오는 메아리처럼 들리면서 도무지 수업에 집중할 수가 없었다.

첫 강의가 끝나는 대로 교실을 빠져나와 집으로 차를 몰았다. 힘들게 공부해서 들어간 학교의 첫 수업 시간에 이건 무슨 조화란 말인가, 갑자기 방향을 상실한 기분이 들다니…….

서울에서 대학에 갓 입학했을 때가 생각났다. 학교가 마음에 들지 않아서, 그리고 학비를 벌어야 했기에 1학기 내내 제대로 수업을 듣지 않아 학사 경고를 받았었다. 시작해놓고 다시 갈등을 벗삼는 나의 못 말리는 버릇이 다시금 기지개를 편 것일까.

결국 난 갈등을 정리하지 못해 등록금을 돌려받고 1년 휴학을 신청했다. 진정 내가 하고 싶은 일이 무엇인지 차분히 생각해보는 시간을 갖기로 한 것이다. 그 동안 앞만 보고 달리면서 무언가 목표를 이루어야 한다는 생각만 했을 뿐, 진정 내가 원하는 것이 무엇인지 나에게 물어볼 시간은 갖지 못했다. 앞으로 1년 동안 더 고민해서 진짜 내가 원하는 걸 찾을 수만 있다면 그 1년은 결코 아깝지 않을 것이라는 생각이 들었다.

비록 휴학한 상태라 해도 원하는 것을 찾기 위해 이런저런 시도를 해보기로 했다. 법대를 가고 싶었지만 과연 나의 적성에 맞을지 의심이 들었다. 변호사라는 사회적 지위, 강사보다 많은 수입, 단순히 이런 것들에 현혹된 것은 아닐까 하는 생각도 해보았다. 결국 나는 결론을 얻기 위해 호랑이 굴로 뛰어들기로 작정했다.

UCLA 앞에 있는 학원의 법대 준비반에 3개월간 등록을 했다. 법대 입학 시험 준비반이었고, 등록을 하면서 열 권도 넘는 책들을 교과서로 받아 왔다.

첫 수업을 듣기 위해 문을 열고 들어갔을 때 난 잠시 걸음을 멈춰야 했다. 교실 안에는 동양인은 한 명도 보이지 않았고 금발 또는 갈색 머리의 백인 학생과 몇몇의 흑인 학생들뿐이었다. 내가 유일한 동양인이었지만 아무도 신경 쓰지는 않았다.

법대 준비반 수업은 의외로 재미있었다. 문제를 푸는 방식과 논리적인 사고력, 삼단논법, 유추법 등을 다양하게 다루었는데 모두 내 적성에 딱 맞는 흥미로운 분야였다. 강사의 수업 방식도 참 독특했다. 영화과에서 영화 이론으로 박사 학위를 준비 중이던 그의 교수 방법은 나에게 매우 새롭고 신선하게 느껴졌다.

나는 3개월 동안 한 번도 수업에 빠지지 않고 참석하면서 본격적인 시험 준비에 돌입했다. 그리고 시간이 남을 때는 행콕 파크 근처의 도서관에서 부족한 공부를 보충했다.

법대 입학 시험을 신청하려던 시점의 어느 날, 아이가 다니는 학교에서 연락이 왔다.

"어머니께서 직접 방문해주시면 고맙겠습니다."

미국에 온 지 2년 가까이 되도록 아이의 담임에게서 직접 연락을 받은 건 처음 있는 일이었다. 나는 학교를 찾아갔다. 담임 선생은 나를 부른 이유를 설명했다.

"아이가 수업 시간에 너무 떠들어요. 몇 번이나 주의를 줬는데도 소용이 없어서 직접 오시게 한 거예요."

너무 정숙하다고 모범상을 받은 게 1년 전 일인데, 이번엔 너무 시끄럽다고 입을 막아달라는 것이었다.

영어가 제법 능숙해진 아이는 친구들과 영어로 대화하는 것이 너무 재미있는 나머지 수업 시간에 이런저런 질문을 큰 소리로 하기도 하고 시끄럽게 떠들기도 한다고 했다. 웃지도 울지도 못할 상황이었다. 게다가 여러 가지 면에서 미국 생활에 한창 적응하느라 예민해진 탓인지 아이는 정서적으로 좀 불안해 보였다. 집에서 나와의 대화가 줄어든 대신 선물로 받은 게임기를 잡고 몇 시간이고 게임만 하려 들었다.

같은 아파트의 친구인 데이빗과는 말다툼을 심하게 하고 덩치 큰 폴란드계 친구 션과도 몸싸움을 했다. 자기보다 세 살이나 많지만 보통 아이들보다 지능이 약간 낮은 션은 말싸움 끝에 "아빠도 없는 놈"이라고 놀리며 아이의 예민한 부분을 건드렸고, 결국 아이는 화를 참지 못해 덩치가 자기보다 훨씬 큰 션을 주먹으로 갈겨버린 것이었다. 션의 엄마를 찾아가 사과를 하면서도 난 정말 그렇게 남의 약점을 잡고 깐죽거리는 녀석을 쥐어박고 싶은 심정이었다. 어쨌거나 그 사건은 평화롭게 해결되었지만 말이다.

아이가 폭력적인 성향을 보이게 되는 것은 매일 하는 게임이나 자극적인 소재의 텔레비전 프로그램의 영향이 크겠지만, 이럴 경우 혼자 아이를 키우는 엄마들 대부분은 가장 먼저 '아이한테 아빠가 없어서 그렇다'는 생각을 하게 된다.

아이 친구 중에 전교에서 공부를 제일 잘한다는 교포 2세 에릭은 아버지가 자신을 구타했다고 경찰에 신고했다. 아버지와 아들이 재판을 벌이는 것을 보면서 문화적인 차이를 실감하기도 했지만, 내 아이도 언젠가 그렇게 될 수 있다는 점도 늘 염두에 두어야 했다.

차츰차츰 미국화되며 예민해져가는 아이를 지켜보는 것이 쉽지만은 않았다. 한국말보단 영어를 사용하려 했고, 모든 일에 대해 합리적인 설명과 설득이 필요하게 되었다. 이제는 "너 ~해라"가 아니라 "~좀 해주겠니"의 어투로만 아이의 동의를 얻어낼 수 있었다. 학교를 다니며 또래 문화와 미국적 사고를 나보다 더 빨리 접한 아이가 먼저 미국화하는 것은 당연한 일이었다. 롤러블레이드 타는 것을 좋아하고, 게임을 좋아하고, 피자와 햄버거를 좋아하는 교포 2세가 되어가는 아이를 지켜보면서 도대체 아이의 정체성을 어떻게 심어주어야 할지 고민이 되었다. 한국을 잊고 미국적 사고방식으로 자라게 하는 게 옳은 건지 아니면 한국인임을 계속 주입시켜야 하는 건지 쉽사리 판단이 서지 않는 문제였다.

그 동안 대학원 입학 준비와 학원 강의 때문에 아이에게 신경을 많이 못 썼던 게 사실이었다. 신기하게도 아이는 내가 신경을 많이 쓰면 쓰는 만큼 정서적으로 안정되어갔고, 조금이라도 소홀해지면 여지없이 산만해지곤 했다. 그래서 아이를 보면 내가 어떻게 살고 있는지를 어느 정도 가늠할 수 있었다. 아무래도 아이에겐 너무 많은 것을 이루려고 하는 엄마보다는 따뜻한 엄마가 더 필요할 테니까 말이다.

그 후 아이 문제로 학교에 두세 번 더 불려다니면서 법대에 들어가겠다는 마음을 조금씩 접기 시작했다. 게다가 학원에서 만난 몇몇 친구들을 통해 법대 공부가 미국에서 가장 힘든 공부 중 하나여서 아르바이트는 꿈도 못 꾸고 충분한 경제적 지원이 없으면 불가능하다는 사실을 알게 되었다. 한 학기 등록금 정도를 겨우 마련해놓은 상태에서 3년 내리 일을 하지 않고 법대 학위를 받는다는 것은 애당초 무리였다. 야간 대학원이 있긴 했지만 4년 과정이었고, 주간보다 더 쉽게 공부를 할 수 있다는 생각이 들진 않았다. 동시에 너덧 가지 일을 해야 하는 현실에선 아무래도 무리인 듯싶었다. 아무리 하고 싶은 일이 있어도, 어머니로서 아이에게 상처를 주는 일은 하지 않겠다는 나의 처음 약속을 지켜야 한다는 생각이 강하게 들었다.

'하고 싶은 일을 다 하고 사는 사람은 없을 거야. 1년 휴학하는 동안 얻은 자유의 시간 중 벌써 반이 다 지나버렸어. 이제 남은 시간의 반은 아이가 안정을 되찾는 데 써야 할 것 같아.'

나는 다시 현실과 타협했다. 그리고 남은 시간 6개월 중 4개월은 아이를 위해 쓰고 남은 2개월은 복학하기 전에 UCLA의 여름 프로그램 중 법정 통역 수업을 듣는 데 할애했다. 학위를 받는 건 1년이나 늦춰졌지만 그해는 돌아보았을 때 내 인생에서 가장 보람 있는 한 해가 되었다.

2 맨바닥에 담요 하나

미국에서 생활하는 동안 난 한 번도 침대에서 자본 적이 없다.

목표를 이룰 때까지 긴장을 늦추지 않겠다는 결심으로 언제나 짧게 자고

일어날 수 있도록 맨바닥에 누워 담요 하나를 덮고 잤다.

아이에게 제법 좋은 침대를 마련해주었을 때에도

나는 카펫 바닥에 담요 하나를 덮고 자는 것으로 만족했다.

영문법의 최강자, 한국인 유학생

흔히 남가주 대학이라고 불리는 USC는 LA의 남단, 흑인 타운 한 가운데 위치해 있는 사립학교이다. 사립학교이기 때문에 미국 학생들 중에서도 부모로부터 재정적 원조를 받을 수 있는 부유층 자녀들이 많이 가는 곳인데, 유학생인 경우엔 주립과의 차이가 아주 크진 않았다. 특히 MBA, 법대, 영화대 부분은 미국에서도 이름깨나 날리는 곳이고, 내가 지원했던 교육학과의 TESL 프로그램은 그 전해 미국 랭킹 21위였다. 한국에서 영어교육학이 인기를 끌면서 많은 유학생들이 지원하는 과이기도 했다. 내가 수업을 듣게 된 학기에 몇명의 한국 학생들이 재학 중이었고, 중국 및 일본 학생들을 비롯한 동양계 학생들과 미국인 현직 교사들이 주 구성원이었다.

첫 강의에서 실망해 별로 기대하지 않았던 대학원 생활이었지만 그런대로 배울 것도 많고 알찬 수업들이었다.

대학원 수업을 통틀어 가장 재미있고 유익했던 강의는 에스키 교수님과 크레슨트 교수님의 강의였다. 그 중 지도 교수님이셨던 에스키 교수님의 수업은 2년 동안 네 과목이나 듣게 되었는데, 졸업할 즈음엔 교수님과도 두터운 친분을 쌓게 되었다. 에스키 교수님은 전형적인 학자 스타일로 강의 시간마다 조용한 어조로 열강을 하여 학생들을 사로잡았다. 크레슨트 교수님의 수업에 비해 에스키 교수님의 강의는 재미는 덜했지만 많은 내용을 다루었기 때문에 내실이 있었다.

크레슨트 교수님은 영어교육학 분야에서 세계적으로도 저명한 분이었기 때문에 그의 수업을 들으려면 서둘러 수강 신청을 해야 했고, 수업은 대강의실에서 2백 명이 넘는 학생들을 대상으로 진행되었다. 크레슨트 교수님은 자기 나름의 교육 이론을 발전시켜 여러 권의 저서를 출간한 경력도 있고 강의도 아주 재미있게 하는 스타일이라 그분의 강의 땐 시간 가는 줄 모를 정도였다.

두 분의 수업에서 난 모두 A학점을 받았는데 그 중에서도 기억에 남는 것은 에스키 교수님의 영문학 수업이었다. 영문학 수업은 서른 명 남짓의 학생들이 수강했는데, 그 중 다섯 명이 한국 학생, 네 명이 중국 학생, 한 명이 일본 학생이었고, 그 외 유럽 학생 몇 명과 현직 교사인 미국 학생들이 있었다.

미국 대학원의 시험은 거의 대부분 과제물로 대체되는 경우가 많았지만 영문법 중간고사만큼은 시험으로 치러졌다. 주로 A, B, C로 성적을 매기는 다른 과목과 달리 영문법 시험은 100점을 만점으로 해서 점수가 매겨졌다. 중간고사를 보기 전 수업 시간 중에 가끔 놀랐던 것은, 오랫동안 교직에 있었던 미국인들이나 영어를 아주 유창하게 구사하는 한국인 2세들, 또 공부 잘해서 유학 온 학생들 중에 영문법을 체계적으로 아는 사람이 거의 없다는 점이었다. 한국 학생들이 영어 공부를 할 때 영어의 문법 구조에 많은 시간을 투자하는 것과는 대조적인 양상이었다. 영문법을 오랫동안 가르친 경험이 있는 나는 에스키 교수님의 영문법 시험에서 만점을 받았다. 그렇게 만점을 받은 것은 중국인 교사와 나 둘뿐이었다.

시험에서 만점을 받은 이후 에스키 교수님은 수업 중간중간 문법적인 설명을 할 때 적절한 용어가 생각 나지 않으면 나를 쳐다보며 "그게 뭐지?"라고 묻곤 했다. 내가 생계 수단으로 열심히 가르쳤던 토플 문법이 그제서야 내 삶에서 한 몫을 한 것이었다. 누군가에게 실력을 인정받는다는 것은 내가 고통을 이기고 열심히 살아가는 데 힘이 되는 또 하나의 이유이기도 했다.

내가 대학원 생활에 적응해가는 동안 아이도 학교 생활에 자리를 잡아갔다. 하루는 야간 수업을 듣고 귀가를 했더니 아이의 담임 선생님에게서 엽서가 날라와 있었다.

—아이가 역사를 매우 잘합니다. 역사를 가르치면서 이렇게 역사에 관심 많고 재능을 보이는 아이는 처음 봅니다. 많이 칭찬해주세요.

이 한 장의 엽서는 아이의 인생에 지대한 영향을 미쳤다. 공부에 자신 없어 하던 아이가 부쩍 눈에 띄게 성적이 오르더니 그 다음해에는 상위권 진입에 성공했다.

교육학을 전공하면서도 교육자의 행동 하나하나가 학생에게 미칠 영향에 대해서는 생각해본 적이 없었는데, 이런 세심한 배려를 아끼지 않는 아이의 담임 선생이 무척 존경스럽게 느껴졌다. 차츰차츰 자신감을 찾아가는 아이를 보며 나도 내 삶에 좀더 충실하기로 다짐했다.

사실보다 진실이 더 중요하다. —프랭크 로이드 라이트

교수에게 벌주기

　어느 날 오전 강의를 끝내고 집에 돌아와 컴퓨터를 켜고 이메일을 확인하고 있었다. 나는 크레슨트 교수님의 조교로부터 도착한 한 통의 이메일을 받고 무척 당황했다.

　—학기말 고사 페이퍼를 제출하지 않아서 이메일로 연락을 드립니다. 중간고사에서 좋은 성적을 받았는데 무슨 일인지 의아하군요. 내일까지 교수님께 이 사실을 알려드려야 하니 연락주시기 바랍니다.

　나는 곧바로 조교에게 전화를 걸었다.

　"저 이지연입니다. 이메일을 받았는데 무슨 말씀이신지……?"

　"아, 학기말 고사 페이퍼를 안 냈더군요."

"네? 무슨 말씀이세요? 어제 오후에 학교에 들러 페이퍼를 제출하고 왔는데요."

"크레슨트 교수님의 사물함에 둔 게 확실합니까? 이지연 씨 페이퍼만 빠져 있던데요?"

도무지 말도 안 되는 소리였다. 분명히 교수님의 이름까지 확인하고 사물함에 집어넣은 페이퍼가 이제 와서 없어지다니, 그럼 그게 도대체 어디로 갔다는 얘기인가.

"다시 한번 확인해주세요. 중간고사 때 만점을 받았던 제가 왜 페이퍼를 제출하지 않았겠습니까? 제 컴퓨터 안에 페이퍼가 들어 있긴 하지만 어제가 마감일이잖아요. 그리고 제가 분명히 제출을 했는데 사물함에 없다고 저더러 책임을 지라는 건 너무하지 않습니까?"

다른 것도 아니고 이틀밤에 걸쳐 쓴 학기말 고사 페이퍼가 없어졌다는 말에 화가 치밀었다. 교수님의 사물함은 항상 열려 있는 상태여서 누구라도 마음만 먹는다면 페이퍼를 훔쳐갈 수도 있었다. 그렇게 철저하기로 이름난 미국이란 나라에서 어떻게 학기말 고사 페이퍼 같은 중요한 물건을 누구나 열어볼 수 있는 교수 사물함에 넣어놓게 하는지 도대체 이해할 수가 없었다.

조교에게 제출하는 것도 아니고 교수 사물함에다 던져두고 가라고 한 다음 페이퍼가 없어지자 도리어 학생에게 책임을 묻는 조교의 태도를 난 도무지 용인할 수가 없었다.

"전 분명히 어제 과제물을 제출했습니다. 페이퍼 보관을 소홀히 한 책임을 저한테 묻는다는 게 이해가 안 가는군요. 다시 한번 찾아

보고 연락주세요."

누군가 맘먹고 가져갔다면 다시 갖다놓을 리 없다는 걸 알면서도 나는 내가 저지르지도 않은 일에 대해 고분고분 책임을 지고 싶지는 않았다.

다음날 오후에 조교가 음성 메시지를 남겨두었다.

"아무리 찾아봐도 없습니다. 교수님께 말씀드렸더니 페이퍼 마감 기한이 지났으니 다시 제출한다고 하더라도 다른 사람들과 채점 기준을 똑같이 할 수는 없다고 하십니다. 얼른 다시 제출해주세요."

정말로 어이없는 일이었다. 중간고사 때만 해도 페이퍼가 너무 좋다며 칭찬을 아끼지 않더니, 이번엔 이유야 어떻든 간에 페이퍼를 내지 않은 것으로 간주하고 점수를 깎겠다고 하는 것이었다.

"난 내가 하지도 않은 일에 대해 왜 이런 대접을 받아야 하는지 모르겠습니다. 당신이 교수님께 제대로 설명을 드린 건지 의심스럽 군요. 제가 직접 교수님과 통화를 하겠습니다."

나는 저녁 식사 후 교수님과 통화를 했다. 그리고 조교에게 설명했던 내용을 똑같이 되풀이하여 조목조목 설명했다. 그러나 교수님은 내 말을 믿기는커녕 나를 페이퍼 하나 제때 못 내고 핑계를 늘어놓는 학생쯤으로 여기는 눈치였다.

"지금이라도 페이퍼를 내도록 하세요. 중간고사 성적도 있고 하니 그렇게 나쁜 성적을 받진 않을 겁니다."

"지금 제 컴퓨터 안에 페이퍼 파일이 들어 있고 작성된 날짜도 적혀 있습니다. 제 말을 못 믿으시는 것 같으니 컴퓨터라도 들고 가 보여드리고 싶군요. 우선 페이퍼는 제출하겠지만 다른 사람과 다른 기준으로 채점한다는 것은 받아들일 수 없습니다. 제가 하지 않은 일로 책임을 지고 싶지 않습니다. 저도 학교 밖에서는 강의를 하고 있는 입장인데 선생으로서 그리고 학생으로서 그런 거짓말 따위 해본적 없습니다."

교수님은 내가 계속 강경한 입장을 취하자 우선 달래고 보자는 식이었다. 교수님이 다른 학생들의 페이퍼와 같이 채점을 하겠다고 약속한 후 난 페이퍼를 조교에게 제출했다.

허술한 학교 행정 때문에 피해를 입은 것이 몹시 화가 났다. 이렇게 피해를 입은 것이 처음이 아니었다. 교무처에 제출할 서류가 있어 직접 가서 제출한 적이 있었는데, 일주일이 지나서 서류가 접수되지 않았다고 연락을 해온 것이다. 화가 나 찾아갔더니 서류를 접수한 여직원이 내 얼굴을 알아보고 당황해서는 분명히 서랍 속에 넣어두었는데 없어졌다며 이런저런 변명을 늘어놓았다. 자신의 책임을 소홀히 하여 타인에게 피해를 입혔다면 그건 과연 무슨 죄에 해당하는 걸까? 말로 해봤자 소용없다는 걸 알고 나는 서류를 재작성하여 제출했다.

사실 행정 담당자가 조금만 주의를 했다면 한번에 끝날 일이었다. 그러나 그러한 부주의로 인해 무고한 사람들이 피해를 보는 일이 우리 삶에는 빈번하게 일어난다. 나도 그 당시에는 나에게 왜 자꾸 이런 일이 벌어지는지 알 수가 없었다.

때론 내가 아무리 옳은 방향으로 나가려고 해도 인생이 나를 붙잡고 뒷걸음칠 때가 있지 않은가. 운이 없어서 하던 일도 갑자기 안 풀리고 문제가 꼬일 때, 이런 때는 아무리 벗어나려고 발버둥쳐도 소용없다는 걸 나는 잘 알고 있었다.

하지만 하지 않은 일에 대한 책임을 지고 싶지 않았고 옳지 않은 일에 대해 침묵하는 것은 비겁하다고 생각했다. 그리고 그런 피해의 당사자가 내가 되어야 한다는 것이 싫었기 때문에, 난 단호하게 처신할 수밖에 없었다. 상대의 실수에 대해 철저하게 책임을 따지자 나의 완강한 태도에 질렸는지 교수님도 한 발짝 물러나서 공정하게 평가하겠노라고 약속했다.

계속되는 말싸움에 지친 나는 어쨌건 그 다음 학기부터는 그 교수님이 담당하는 어떤 과목도 수강하지 않았다. 그것이 내가 교수님에게 줄 수 있는 최고의 벌이었다.

여자의 적은 여자

"이번엔 네 명이 한 조가 되어 토론 및 연구를 한 후 그 결과를 페이퍼로 제출해주십시오."

마지막 학기에 전공 과목을 전부 이수한 후 선택한 '여성과 교육' 과목의 넬리 스트롬퀴스트 교수의 지령이었다.

영어가 모국어가 아니었던 여교수는 발음할 때 악센트가 너무 강해 강의 시간에 조금이라도 정신을 놓으면 무슨 얘기를 하는지 알아들을 수 없을 정도였다. 타과의 수업이라 어색했던데다 거의 모든 학생들이 박사 과정을 밟고 있던 터라 분위기가 사뭇 진지한 수업이었다.

내가 속한 그룹은 백인 여학생 둘, 한국인 3세 한 명이었고 모두 여성이었다. 학교나 사회에서 볼 수 있는 성(gender) 문제를 주제로 페이퍼를 써야 했다.

우리는 세 번 모여 서로가 맡은 바를 조사해서 발표하고 각자 소주제를 맡아서 페이퍼를 쓰기로 합의했다. 첫 번째 토론 모임에 내가 맡은 과제를 준비해서 나갔을 때 한국인 3세 여학생이 불참했다. 그녀는 우리가 모이기로 한 언론대학원 조교실로 전화를 걸어왔다.

"강도를 당해서 모임에 나갈 수가 없어요. 오늘은 세 분이서 토론을 하셔야겠어요."

두 백인 여학생은 펄쩍 뛰며 화를 냈다. 왜 하필 오늘 강도를 당했는지 모르겠다며 짜증을 부렸다. 강도를 당했다는데도 동료를 걱정하기보다는 그로 인해 자신이 피해 볼 것을 걱정하는 이들을 보고 나는 앞으로 이들과 어떻게 과제를 완성해나가야 할지 걱정이 앞섰다.

세 명이서 토론을 진행한 후, 우리는 다음 토론부터는 자신이 준비한 페이퍼를 인원수대로 복사해서 나누어 갖고 어떤 부분을 더 보강해야 하는지 다시 토론하기로 했다. 공동 프로젝트라서 나 하나 잘 한다고 점수가 잘 나오는 것이 아니었기 때문이다. 서로서로 협력하는 것이 무엇보다 중요해서 다른 어떤 프로젝트보다 책임감이 필요했다.

나는 과외 아르바이트 일정을 연기하면서까지 프로젝트에 집중했다. 그런데 써온 페이퍼를 서로 교환해서 최종 완성하기로 한 날 한국인 3세 여학생이 또 나타나지 않았다. 이번엔 아예 연락도 없었다. 바로 다음날이 페이퍼 제출 마감일이라서 밤을 새워서라도 완성을 해야 했는데 그녀가 참석하지 않음으로써 페이퍼의 1/4이 부족한 셈이었다.

이번엔 나도 무척 화가 났다. 어떻게 이렇게 무책임할 수 있는지 이해가 가질 않았다. 두 백인 여학생은 폭발 직전인 가스통처럼 핏대를 올리며 마감일을 어떻게 맞추냐고 발을 동동 굴렀다. 두 여학생 중 한 명은 넬리 교수의 조교로 있었기 때문에 페이퍼에 대한 욕심이 우리보다 앞서 있었다.

"이렇게 앉아서 기다릴 수만은 없어. 우리끼리라도 우선 완성해야지. 네 짝이 안 나왔으니까 너는 우리가 그래프를 만드는 동안 도서관을 다니며 필요한 자료를 복사해 와."

화를 삭이지 못한 두 친구들은 분풀이라도 하듯 나에게 책임을 전가하는 듯했다. 그들은 내게 두 군데 도서실에 들러 무려 일곱 권의 책을 찾아 복사를 해오라고 다그쳤다.

참으로 황망했다. 내 몫의 페이퍼를 이미 완성해놓은 상태인데 왜 그런 사소한 심부름까지 해야 하는지 도무지 이해가 가지 않았다. 하지만 그 친구들 말대로 내 짝인 한국인 3세 여학생이 나타나지 않아 모두가 피해를 입게 되었으니 나도 얼마간 책임을 느낄 수밖에 없었다. 그래서 부당하다는 걸 알면서도 어느 정도는 책임을 지고 싶었다.

나는 땀을 뻘뻘 흘리면서 세 시간에 걸쳐 복사를 마쳤다. 무거운 복사물을 가지고 돌아오자 그들은 이번엔 매점에 가서 먹을 걸 사 오라며 돈을 건넸다. 여기부터는 분명 게임의 룰에 어긋나는 행위였다.

"미안하지만, 내가 왜 그런 심부름까지 해야 하지? 너희들 말대로 내 파트너가 나타나지 않은 데 대해 책임을 진다는 생각에서 복사를 해온 거지만, 지금 이런 심부름은 그런 책임과는 전혀 상관 없는 것 같은데?"

둘은 서로 눈짓으로 무언가 얘기하더니 그럼 갖고 온 자료 중 필요한 부분을 오려달라고 했다. 그렇게 복사와 종이 오리기를 시키면서 그들은 나를 페이퍼의 마지막 수정 작업에서 제외시켰다.

밤 아홉 시가 다 되어서야 한국인 3세가 모습을 드러냈다. 그녀는 자기 몫의 페이퍼를 들고 숨을 몰아쉬며 나타나 집안에 안 좋은 일이 있었다고 말했다. 하지만 우리는 그녀가 페이퍼를 완성하지 못해 그때서야 나타난 것이라는 걸 직감으로 알 수 있었다. 그 시간에 합류한 친구의 페이퍼를 반영하려면 밤샘 작업을 각오해야 했다. 하지만 우리는 모두 지쳐 있었다.

"내가 교수님에게 잘 말씀드려서 며칠 시간을 얻을 테니까 오늘은 여기까지만 하자. 도저히 힘들어서 못하겠어."

두 여학생들이 백기를 들어버리자 늦게 나타난 그녀도 쌍수를 들고 반겼다.

"그래, 교수님이 이해해주실 거야. 며칠 연기하지 뭐."

왠지 예감이 좋지 않았다. 이미 두 번째 학기에 크레슨트 교수의 수업에서 불이익을 받은 경험이 있었기에 이렇게 마감일을 지키지 않는 행위를 어떻게 이해해야 할지 몰랐다. 하지만 그들이 하자는 대로 페이퍼를 연기하는 수밖에 없었다.

다음날 수업에 들어갔을 때 내 파트너였던 한국인 3세 여학생이 하얗게 질려 나에게 다가왔다.

"지연, 큰일 났어. 그 친구들이 교수님을 찾아가 나랑 지연이랑 페이퍼를 제출하지 않아서 완성을 못 했다고 얘기했대. 교수님께서 많이 언짢아하신대."

조교실에서 새어나온 얘기였다. 페이퍼를 제때 제출하고 심부름 까지 해주었던 내가 이런 식으로 피해를 당할 줄은 꿈에도 생각하지 못했다. 어떻게 해서든 책임을 회피하고 싶은 마음에서 우리 둘을 엮어서 희생양으로 삼은 모양이었다. 사실 제일 늦게 나타난 그녀로 서는 별로 할 말이 없을 텐데도 나보다 더 흥분해서 난리였다. 난 수 업이 시작되기 전에 교수님을 찾아갔다.

"얘기가 좀 와전된 것 같아 제대로 설명드리기 위해 찾아왔습니다. 여기 제가 만든 페이퍼가 있습니다. 전 어제 분명히 페이퍼를 제출했을 뿐만 아니라 다른 두 친구들의 복사 심부름까지도 몇 시간 했습니다. 제가 지금 듣고 있는 강의가 페미니즘 과목의 하나로 알고 있습니다. 여성 차별만큼 인종 차별 역시 같은 맥락의 차별이라고 봅니다. 어제 그 친구들이 제게 보인 태도는 그런 면이 없지 않았지만 아직 사회 경험이 없는 학생들이라서 어느 정도 이해하고 받아주었습니다. 하지만 오늘 페이퍼를 제출하지 못한 것이 저 때문이라고는 생각하지 않습니다. 제게 책임이 있다면 어제 밤새워 페이퍼를 완성하자고 하지 않고 그들이 제안한 대로 며칠 연기하는 데 동의한

것뿐입니다. 사실을 설명하고 불이익을 당하지 않기 위해 찾아왔습니다."

교수는 차분하게 앉아 설명하는 나를 뚫어지게 쳐다보더니 일주일 더 시간을 줄 테니 페이퍼를 다시 써오라고 했다. 이번엔 넷이 아니라 두 명씩 조를 나누어서. 나는 파트너 얘기는 꺼내지 않았다. 이미 그녀들이 충분히 부풀려놓았을 터인데 나까지 한몫 거들고 싶지는 않았다.

이렇게 하여 우리를 제외한 다른 조들이 전부 페이퍼를 제출했고 우리는 교수가 원하는 대로 둘씩 조를 나누어 페이퍼를 따로 제출했다. 4인 1조의 그룹 프로젝트에서 반 덩어리 프로젝트를 각각 들고 온 거나 마찬가지였으니 물론 협동심을 최대한 발휘하지 못한 벌은 받아야 했다. B⁺학점을 받은 네 명 모두 달갑지는 않았지만 나름대로 그룹 프로젝트 실패에 대한 책임을 인정하고 있었다.

"너무 신경 쓰지 마. 워낙 깐깐하기로 소문난 애들이야. 귀한 집 따님들이라서."

소문을 듣고 이미 사태를 파악한 친구 제프와 로이가 옆에서 위로를 해주었다.

"아니야, 좋은 경험이었어. 사람들이 다 똑같은 건 아니야. 이런 사람이 있으면 저런 사람도 있고. 마지막 학기를 잊지 못할 추억으로 장식한 거지, 뭐."

살면서 이보다 더한 불이익을 당해본 적이 있는 내게는 그리 큰 문제가 아니었다. 나는 오히려 교수님의 공정함에 마음속으로 감사를 표했다. 네 명에게 똑같이 책임을 묻는 그의 합리적인 판단에 절로 고마운 마음이 들었다.

나중에 들은 바에 의하면 한국인 3세 친구는 성적을 들고 가 교수님에게 심하게 항의하여 학점을 A로 올려 받았다고 한다. 하지만 난 그러지 않기로 했다. 때론 점수보다 경험이 중요할 때도 있는 법이니까.

나는 그 일로 말미암아 여성이 여성을 차별하는 모습을 아주 가까이에서 체험했다. 그리고 여성으로서 왜 여성에게 차별 당하는지도 아울러 목격했다. 사그러들 줄 모르는 여성 차별 문제는, 어쩌면 여성으로서 이 남성 중심의 사회에서 '여성일 수밖에 없는' 이유를 '여성 스스로'가 만들어가고 있는 데서 연유하는 것은 아닐지, 조심스럽게 물어보게 된다.

사람들이 도전을 두려워하는 것은 신념이 부족해서이다.

난 나 자신을 믿는다. ―무하마드 알리

토론 잘 하기

마지막 학기의 수업 중 하나는 멜로라 선드트 교수의 '성인 교육 (Adult Education)'이란 강의였다. 대학에 현직 교수로 있는 학생들을 대상으로 한 과목이었고, 대부분 학생들의 토론으로 이루어졌다.

그 시간의 토론 주제는 '유학생들에게 강의할 때의 문제점'이었다. 수업 분위기는 아주 열띠고 활발했다. 여기저기서 학생들이 의견을 발표하기 위해 손을 번쩍번쩍 들어올렸고, 나이든 학생들(현직 교수들)이나 젊은 학생들 모두 너나없이 치열한 견해들을 토해내고 있었다.

"미국 대학에서 학생들을 입학시킬 때 영어 점수뿐 아니라 회화 능력도 함께 평가했으면 좋겠습니다. 저는 전문대학에서 학생들에게 수학을 가르치고 있는데 동양계 학생 중에는 수업 시간에 제대로 알아듣지 못해 수업이 끝나면 찾아와서 한 얘기를 또 하게 만드는 사람들이 많습니다. 저는 그런 학생들 때문에 피곤해 죽겠습니다. 대학에서 학생들을 좀더 신중하게 뽑아야 하는 거 아닙니까?"

그 중 한 학생이 유학생들의 영어 구사 능력이 학교 수업을 따라갈 수 있는 수준에 못 미친다며 불평을 토로했다. 그는 지속적으로 토플 점수뿐 아니라 회화 시험도 함께 치르자고 제안했다.

내가 보기에 그의 의견은 정책적으로 좋은 생각이긴 했다. 그러나 난 그의 강한 어조에 유학생들에 대한 부정적 의식이 깔려 있다는 것을 놓치지 않았다.

"난 그렇게 생각하지 않습니다."

조용히 앉아 있던 내가 갑자기 큰 소리로 반론을 제기하자 교실 안의 시선이 모두 나에게 집중되었다. 나는 서른 명이 넘는 학생들 사이에서 두 명의 동양계 학생 중 하나였기 때문에 다른 학생들의 호기심 어린 시선을 한몸에 받았다.

"그래요, 지연. 의견을 얘기해봐요."

"다들 현직 교수님들이라 잘 아시겠지만, 영어를 구사하는 능력과 영어로 학습하는 능력은 다릅니다. 사람에 따라서 언어를 구사하는 능력이 발달한 사람이 있을 수 있고 그렇지 못한 사람도 있습니다. 영어로 의사 표현을 잘 못한다고 그 사람이 학습 능력까지 없다고 볼 수는 없습니다. 이것은 다들 이미 영어교육학 이론에서 배운 적이 있을 겁니다. 비근한 예로 제가 미국인들보다는 영어 구사력이 떨어질지 모르지만 그렇다고 해도 수업 내용을 못 알아듣거나 점수가 낮을 거라는 판단까지 할 수는 없는 것입니다. 혹시 압니까, 제가 제일 높은 점수를 받을지."

교실 안은 순식간에 웃음바다가 되었다. 가시 있는 나의 농담을 들은 학생들은 여기저기서 동의한다며 내 주장을 거들어주었다. 특히 맞은편에 앉아 있던 흑인 남학생이 전폭적인 지지를 보냈다.

"맞아요. 나도 그렇게 생각해요. 그렇게 따지면 흑인 학생들이 쓰는 영어도 '에보닉스(Ebonics)'라고 분류되는데 표준 영어랑 많이 달라서 못 알아듣는 사람이 많거든요. 하지만 흑인 학생들은 교사가 하는 얘기는 전부 알아들어요. 같은 이치가 아닌가요?"

"물론 약간의 차이는 있지만 그것도 좋은 예가 되겠군요. 저는 한국 유학생들에게 토플을 가르치는데 학생마다 점수를 얻기까지 걸리는 시간이 다 달라요. 그리고 토플에서 높은 점수를 얻더라도 학교에서 원하는 수준의 영어 실력에 못 미치는 학생들도 많아요. 그것은 시험을 보는 학생들의 문제가 아니라 좀더 나은 평가 기준을 제시하지 못한 학교 측의 문제입니다. 사실 미국은 유학생들을 받아들여서 많은 수익을 올리고 있지 않습니까. 그러니 유학생들에 대해 좀더 배려해야 하는 것은 학교 측이라고 보는데요."

나는 아예 맘먹은 김에 평소에 생각하던 얘기를 좀더 꺼냈다. 토론이 점점 무르익어가자 교수님은 잠시 휴식 시간을 갖자고 제안했다. 화장실을 가려고 일어서는 날 교수님께서 부르셨다.

"지연, 오늘 정말 감명 받았어요. 지연이 자신의 의견을 그렇게 분명하게 밝힌 점이나 다른 학생들과 어울려 토론을 주도해가는 것을 보고 오늘에서야 아시아계 학생들에게 가졌던 선입견이 없어졌어요. 지연처럼 자기 의견을 큰 소리로 밝히는 학생도 있군요."

교수님은 웃으며 수업 시간에 적극적으로 참여해준 것에 대해 내게 고맙다고까지 했다.

나 스스로도 이제는 나를 표현할 수 있게 되었다는 것에 대해 자부심을 느꼈다. 자신을 분명하게 표현하고 또 그런 행위에 대해 존중받을 수 있다는 사실은 상처받은 나의 자아를 되찾는 데 큰 도움이 되었다.

사람은 그가 하는 대답이 아니라 그가 하는 질문으로 평가하라. ―볼테르

레즈비언 VS 게이

이제는 한국 사회에서도 트렌스 젠더라는 말이 이상하게 들리지는 않는 것 같다. 연예인 하리수 씨가 대중의 인기를 받기 시작하면서 한국 사람들도 트렌스 젠더란 용어에 상당히 익숙해졌다. 이렇게 제3의 성에 대해 인정하고 있는 한국 사회가 그러나 여전히 게이나 레즈비언에 대해서는 관대하지 못한 듯하다. 요컨대 트렌스 젠더와는 또 다른 성에 대해서는 아직까지 편견을 갖고 있는 실정이다.

대학원 시절, '성인 교육' 과목에서 '레즈비언과 게이들의 학교생활'이라는 주제의 토론 수업에 참여한 적이 있었다. 이번에는 UCLA에서 박사 과정을 밟고 있는 레즈비언 커플을 초청하여 그들의 삶에 관한 이야기를 먼저 듣고 토론을 진행하는 방식이었다.

초대받은 두 여자는 물론 서로 사랑하는 사이였다. 흔히 레즈비언이라 불리는 그들이 학교 생활을 하며 겪었던 고충 중 하나는 자신들이 다른 여성들과는 또 다른 성적 취향을 가진 것에 대해 폭넓은 이해를 받을 수 없다는 점이었다.

질문 시간에 학생들은 '학교와 성'이라는 주제로 이들 커플에게 많은 질문을 던졌고 토론은 제법 뜨겁게 무르익어갔다. 그런데 한국인 2세쯤으로 보이는 한 학생이 손을 들고 질문을 던졌을 때 모두들 뜨악한 표정을 지을 수밖에 없었다.

"호기심 때문에 묻는 건데 레즈비언은 어떻게 구별하지요? 감정상 여자에게 끌려도 레즈비언인가요, 아니면 육체적인 관계를 맺었을 때부터 레즈비언인가요?"

사실 좀 뜻밖의 질문이라 모두 눈을 동그랗게 뜨고 그녀를 쳐다보았다. 토론의 성격이 '학교와 성'이란 주제로 학교 내에서 제3의 성을 가진 이들이 겪는 문제점이나 고충을 현직 교수들의 입장에서 들어보고 그들에 대한 이해의 폭을 넓히기 위한 것이었는데, 난데없이 레즈비언의 기본적인 관계에 대한 정의를 요구하니, 당사자들조차 당황하며 얼굴이 붉어졌다.

마치 경건한 수업 중에 "당신은 한 달에 섹스를 몇 번 합니까?"라는 질문을 하는 것과 같았다. 물론 교수의 개입으로 그 질문은 거둬들여졌고, 게이와 레즈비언이 많은 미국 사회의 현실을 고려해 학교에서 그들에게도 좀더 관심을 기울이고 다른 학생들과 차별하지 말아야 한다는, 어찌 보면 당연한 결론이 내려졌다. 그러나 그날 레즈비언 커플을 직접 수업에 초청해 토론을 이끌어간 것은 내게 신선한 충격으로 다가왔다.

영어교육학과 교수 중 남자 교수님 한 분은 게이였다. 그 교수님은 자신이 게이라는 사실을 공공연히 밝힌 상태라서 학생들이라면 누구나 다 알고 있었다. 그의 수업을 들어보진 못했지만 그것은 자신이 선택한 성에 하등의 영향을 받지 않는 멋진 수업이었을 것이다.

미국에서 생활하면서 나는 빈번하게 게이들과 마주치게 되었다. 아파트 관리인이었던 어떤 흑인도 게이였고 옆집에 2년 정도 살았던 이들도 게이 커플이었다. 같은 학교에서 강의를 하던 미국인 강사 두 명도 게이였다. 그 외 사회 곳곳에서 게이들과 마주치는 일이 아주 잦았다. 그래서인지 어느 순간부터 자연스럽게 그들을 나와는 다른 또 하나의 성을 가진 사람들로 받아들이게 되었고, 그들에 대해 가졌던 선입견이나 편견 따위도 지워버릴 수 있었다.

그런데 레즈비언들은 게이들과 또 달랐다. 그들은 게이들보다 좀 더 음성화되어 있어서 쉽게 자신을 공개하거나 눈에 띄게 행동하지 않았다. 이것은 미국도 우리와 마찬가지로 남성이 여성보다 지배력이 강한 사회이므로 나타나는 현상은 아닐지, 그때 처음으로 생각해보게 되었다.

내가 한국에 돌아오고서도 지금껏 친하게 지내온 미국인 친구 중 한 명은 게이이다. 나는 그 친구를 통해 한국에도 의외로 많은 게이들이 있으며, 게이 사회에서는 그것도 이미 다 알려진 사실이란 것을 알게 되었다.

나는 한국에서 여성으로 산다는 것은 제3의 성으로 살고 있는 그들의 삶과도 공통점이 있다고 생각해왔기 때문에 지금도 그들에 대한 거부감이 별로 없다. 게이들이나 여성들이나 사회적 차별을 받는 것은 마찬가지이다. 그들이 받는 사회적 차별과 억압은 역사를 거슬러 피지배 계층이 받아왔던 그것과 크게 다르지 않은 것 같아 답답할 때가 많다. 이 21세기에 말이다.

나는 솔직히 게이 친구와 만날 때면 오히려 그의 수다스러움 때문에 즐거웠던 적이 많다. 그 친구가 "야, 쟤 정말 귀엽지 않니?"라고 해서 돌아보면 남자인데, "저 친구도 게이야"라고 설명해준다. 그러면 난 농담조로 "내 선택의 폭이 점점 좁아지고 있네"라며 웃곤 한다. 이런 얘기를 친구들에게 했더니 느닷없이 한 친구가 물었다.

"그럼 네 아들이 게이라면 어떻게 할 건데?"

나는 당당하게 말했다.

"그건 순전히 아이의 선택이야. 내가 할 수 있는 건 제대로 된 선택인지 옆에서 조언을 해주는 정도지. 아이가 이미 선택한 길이라면 부정해도 소용없는 거지. 말처럼 쉽진 않겠지만 난 아이의 선택을 받아들이겠어."

창의력은 한 가지를 발견하는 것이 아니라, 발견한 후 그것으로 무엇인가를

만들어내는 것이다. —제임스 러셀 로웰

한국은 성적순, 미국은 창의력순

미국의 학교에서 유학생들에게 영어를 가르칠 때나 대학원 수업을 들으면서 줄곧 느낀 사실이 하나 있다면, 그건 바로 한국에서 온 유학생들 대부분이 한국의 명문대 출신이라는 점이었다.

서울대·연세대·고려대 등 손꼽히는 대학을 다니던 사람들이 미국으로 유학 와서 내게 영어를 배울 때, 그들은 내가 "저는 ○○대학 출신입니다"라고 말하면 못 믿겠다는 듯이 고개를 절레절레 흔들었다.

'어떻게……?'

그들이 나에게 보내는 시선은 의구심 자체였다. 이런 의혹의 시선과 마주칠 때마다 난 정말로 학력 위주의 사회에서 '예외적인' 존재임을 실감하곤 했다. 명문대 출신도 아닌 내가 명문대 출신 학생들에게 토플을 가르쳐 미국 대학에 입학시키고, 홀로 아이를 키우며 그들 누구도 하지 않았던 고학을 하고 있었으니, 보통 사람들의 눈엔 무척 신기해 보였을 것이다.

지도교수의 수업이었던 것으로 기억된다. 학기말 고사 과제물을 제출했는데 최고 성적을 받은 몇 안 되는 사람 중에 내가 포함되어 있었다. 함께 수업을 듣던 한국 여학생의 입에서 다짜고짜 이런 말이 튀어나와서 화제가 되었다.

"명문대를 나온 나도 B⁺를 받았는데 어떻게 네가 그런 좋은 점수를 받았지?"

그녀는 내가 최고 점수를 받은 것이 억울하다는 투였다. 그 말을 듣고 있던 한 미국인 친구가 곧바로 그녀의 말을 받았다.

"여기서 학력은 필요 없어!"

그녀는 모든 사람들의 웃음거리가 되었다.

나는 남이 자기보다 뛰어나면 참지 못하는 그 욕심 많은 친구에게 내 학기말 고사 페이퍼를 건네주었다.

사실 많은 유학생들이 처음 미국에 가서는 이런 혼동을 겪게 된다. 한국 최고의 명문대 출신이라는 간판만 믿고 있다가 미국에 발을 딛는 순간부터 좌절의 쓴맛을 보게 된다. 사실 과거의 영광은 다 잊어야 하는 게 미국 사회의 교육 현실이다.

나는 명문대를 나오지 않았다. 그저 초등학교 시절부터 유일한 취미가 독서였기에 많은 책을 접했을 뿐이다. 문예 창작 쪽에 재능을 보였던 청소년기에도 많은 책을 읽고 많은 글을 썼다. 대학을 다닐 때에는 인문학 서적을 많이 보았던 게 도움이 되었다. 적어도 미국에서의 학교 생활에 남들보다 쉽게 적응할 수 있었던 내 경우엔 그렇다는 말이다.

물론 나의 논리 전개 스타일에 따라서 어떤 교수에게선 좋은 점수를 받기도 했지만, 나의 논리나 주장이 충분한 설득력을 갖추고 있지 못하다고 생각하는 교수에게선 낮은 점수를 받기도 했다. 미국의 교육 현실에서 중요한 것은 창의력이나 합리적인 사고력, 논리적 설득력에 있는 것이지 암기를 얼마나 잘하는가를 보는 것은 아니라는 것이다.

한국에서 일등 하던 사람이 외국에 나가서도 꼭 일등을 하는 것은 아니다. 우리와 교육 체계가 다른 미국에서는 창의력도 그 사람의 능력으로 충분히 인정해주기 때문에 나처럼 어떤 하나는 잘하는데 다른 하나는 지독히 못하는 사람에게도 충분히 기회가 열려 있었다.

물론 지금은 한국도 한 분야에서 특별한 재능을 보이면 원하는 대학에 입학할 수 있는 전형 제도가 생겼지만, 내가 대학에 다니던 그때만 해도 모든 과목을 골고루 다 잘할 수 없는 사람은 명문대를 꿈꾸는 것이 불가능했다.

한국은 성적순, 그러나 미국은 창의력순이었다는 것이 내게는 참으로 다행스러운 일이었다.

맨바닥에 담요 하나

대학원 생활이 순조롭게 흘러가고 아이도 미국 생활에 곧잘 적응해가던 무렵의 어느 날이었다. 토플을 강의하던 학교 측에서 나더러 미국에 평생 거주할 작정이라면 영주권 스폰서를 서주겠다고 했다. 몇 년 동안 꾸준히 강의하는 내 모습을 지켜보면서 학교에 꼭 필요한 사람이라는 생각이 들었다며, 아이와 나의 미래를 위해서도 언젠가는 있어야 하는 것이 영주권 아니냐고 했다.

아이의 미래를 생각해봐도 그렇고, 한국에서의 안 좋은 기억을 떠올려봐도 그렇고, 굳이 마다할 이유가 없었다. 나는 뜻밖의 스폰서를 얻게 되어 곧바로 영주권 수속 절차를 밟게 되었는데 문제는 영주권 수속을 밟기 위해서는 변호사가 필요하다는 것이었다.

LA에는 한인 변호사들이 많이 활동하고 있었다. 그러나 그들 대부분은 영어로 의사소통을 원활하게 하지 못해서 미국 법정에서 제대로 변호할 수도 없을 뿐 아니라, 소수 민족이라는 이유로 법정에 설 기회조차 얻기 힘들었다. 그래서 이민 담당 변호사, 가정 문제 전문 변호사, 교통사고 담당 변호사로 활동하는 경우가 대부분이었다.

나는 마침 한인 타운에서 활동한다는 변호사 한 분을 소개받았다. 그의 도움으로 영주권과 관련한 법률 상담을 받고는 서류를 접수하기로 했다. 아무래도 한인 변호사가 한국 물정에도 밝고 할 테니 영주권을 받기에 더 수월할 것이라는 판단에서였다.

그런 후 시간이 많이 흘렀다. 당시에는 영주권 신청자가 너무 많아서 영주권을 받기까지 2년에서 3년 정도의 시간이 걸리던 시기였다. 영주권 신청 접수를 했다는 사실마저 거의 잊어갈 무렵의 어느 날, 치과 의사로 일하고 있던 선배가 전화를 걸어왔다.

"너 혹시 변호사한테 영주권 서류 접수했다고 하지 않았니?"

"응, 맞는데, 왜?"

"오늘 뉴스를 들었더니 그 변호사가 한국에서 구속되었다잖아."

무슨 말인지 몰라 어리둥절해하는 나에게 선배가 차근차근 설명해주기 시작했다. 내가 영주권 문제를 일임했던 그 변호사가 한국 학생들에게 유학생 비자를 내준다고 돈을 받아 가로채 사기 혐의로 구속되었다는 것이었다.

아닌 밤중에 홍두깨라고 해야 하나. 추천을 받아 영주권을 신청했던 변호사가 사기 혐의로 구속되었다니, 어이없는 일이었다.

변호사 업도 일종의 비즈니스이니 일을 하다가 오해를 받거나 자신도 모르게 어떤 사건에 연루될 가능성이 없지는 않을 것이다. 그러나 의뢰인을 상대로 변호사 스스로가 그런 문제를 일으켰다면, 더 이상 그를 신뢰할 수 없는 노릇이었다. 어떤 인간 관계에서든 상대방에 대한 신뢰를 잃게 되면 그 관계를 이어가는 것은 무의미하다. 적어도 내게는 그랬다.

그 변호사가 풀려나 미국으로 돌아왔다는 소식을 전해듣고. 나는 강의가 끝나자마자 그의 사무실로 달려갔다. 차를 몰고 가는 동안 불현듯 그가 한국에 가기 얼마 전에 일종의 비즈니스를 나와 함께 하자고 제의했던 것이 생각났다. 그 제안을 수락하지 않은 게 천만다행이었다.

"지금 진행되고 있는 걸 다른 변호사 사무실로 옮기면 어떻게 되나요?"

"선금으로 낸 돈을 포기하신다면 모든 서류를 가지고 가실 수 있습니다."

난 주저없이 그렇게 하겠다고 했다.

내 강의를 듣던 학생 중 한 명이 산타모니카의 한 변호사 사무실에서 조수로 일하고 있었다. 그에게 소개받은 변호사는 미국인이었는데, 기꺼이 나의 영주권 문제를 떠맡겠다고 했다. 뿐만 아니라 그의 사무실에서 가끔씩 소송 서류를 번역해주면 처리 비용을 무료로 해주겠다고 했다. 미국은 '공짜' 개념이 없는 나라이다. 적당한 번

역원을 찾지 못해 어지간히 급했던 모양이었다. 줄리아의 소개로 우리는 그렇게 '윈윈(Win-Win)'의 거래를 하게 되었다.

하고 있는 일이 너무 많아 그것까지 맡을 시간적 여유가 없었지만 일주일에 한두 번 들러 일을 봐주는 정도로 합의를 봤다. 학교 강의, 과외, 라디오 방송, 영어 교재 저술 및 대필(이걸로 등록금을 마련했다), 그리고 대학원 수업까지 듣느라 하루에 서너 시간 정도밖에 잠을 잘 수가 없었다. 더 이상의 일은 무리라는 걸 알면서도 뿌리칠 수가 없었다. 미국에 처음 왔을 때, 일을 못 구할까봐 속을 태우며 뜬눈으로 앞날을 걱정하던 시절이 떠올랐다. 그 생각을 하니 배부른 고민이란 생각이 들었다.

미국에서 생활하는 동안 난 한 번도 침대에서 자본 적이 없다. 목표를 이룰 때까지 긴장을 늦추지 않겠다는 결심으로 언제나 짧게 자고 일어날 수 있도록 맨바닥에 누워 담요 하나를 덮고 잤다. 아이에게 제법 좋은 침대를 마련해주었을 때에도 나는 카펫 바닥에 담요 하나를 덮고 자는 것으로 만족했다. 당시 내가 가진 세간살이라고는 99달러를 주고 산 커다란 작업용 책상과 컴퓨터, 한국으로 귀국하는 후배에게서 얻은 소파, 소형 텔레비전이 전부였다.

법률 사무소의 번역 일은 오래 지속된 것은 아니지만 내가 한때 꿈꾸었던 그 세계로 나를 안내해주었다. 그리고 얼마 후 나는 대한항공기 괌 추락 사건과 관련된 일로 변호사와 함께 한국행 비행기에 몸을 실었다.

슬픔도 시간이 흐르면 나아진다. —장 드라 퐁텐

샌드위치 아니면 못 먹어

1997년 8월 대한항공기가 괌에 추락한 사건이 있고 나서 얼마 후, 변호사 조수로 일하던 줄리아에게서 급히 만나자는 연락이 왔다. 내가 점심 시간을 이용해 그의 사무실에 들렀을 때 변호사 두 명과 줄리아, 그리고 처음 보는 한국인 남자가 나를 기다리고 있었다.

"이쪽은 대한항공기 괌 추락 사건의 희생자들을 대표해서 오신 김 사장님이십니다. 유가족들 일부가 미국 정부와 보잉 사를 상대로 소송을 준비하고 있는데 마땅한 변호인단을 물색하는 중이세요. 저희에게 소송을 의뢰했던 손님의 추천으로 이렇게 사무실까지 오시게 되었습니다."

줄리아의 설명이었다.

대한항공기 괌 추락 사건은 전 세계를 떠들썩하게 했던 대형 참사로 254명의 탑승객 중에서 무려 228명이 사망한 비극이었다. 그 중 10퍼센트 정도의 희생자 가족들이 연대하여 미국 정부를 상대로 소송을 준비하고 있었는데, 이렇게 항공 사고 관련 소송의 경우는 정부가 패소할 확률이 훨씬 높다는 것이었다. 그래서 그들은 막강한 변호인단을 선임하여 소송을 준비하며 반드시 승소할 것이라 믿고 있었다.

애기를 듣고 생각을 정리한 변호사들은 자기네 사무실에서 일을 처리하기에는 규모가 너무 크고 소송 기간과 경비 등도 많이 소요되리라는 판단을 내렸다. 그래서 그들은 비버리힐즈의 대형 법률 사무소를 소개시켜주기로 했다.

애기를 전해들은 비벌리힐스의 변호인단은 그 사건에 대해 관심을 표명했고, 희생자 유가족 대표인 김 사장님과 나는 약속 시간에 맞춰 비벌리힐스 서쪽에 있는 그들의 사무실을 방문했다.

김 사장님은 영어 회화 능력이 약간 부족한 관계로 통역이 필요했고, 이미 전반적인 사정에 대한 설명을 들은 내가 적임자라며 함께 가줄 것을 요청했던 것이다. 나 역시 한국 사람들과 관련된 일인 만큼 그들에게 조금이나마 힘이 되고 싶었다.

비벌리힐스의 법률 사무소에 들어서면서부터 김 사장님과 나는 줄곧 입을 다물지 못했다. 바닥이 온통 대리석이고 바다가 보이는 쪽에 통유리로 된 창문이 있는 고층 건물은 지금껏 가보았던 어떤 건물보다 기품 있고 고급스러워 보였다.

적어도 수백 명은 될 것 같은 직원을 거느린 법률 사무소에 들어서자마자 우리는 수석 변호사 방으로 안내를 받아 들어갔다. 책상에서 바라보는 쪽 창문으로 캘리포니아의 따사로운 햇살과 고운 물결이 넘실거리고 있었다.

"만나서 반갑습니다. 저는 잔이라고 합니다."

사무실 분위기에 압도당해 얼굴이 약간 상기된 김 사장님은 잔에게 다시 한번 미국까지 오게 된 이유를 차근차근 설명했다. 잔은 회사에서 이미 사건에 대해 조사와 검토를 하고 있는 중이며, 필요하다면 한국에 직접 나가 희생자 가족들을 만날 의사가 있다고 밝혔다.

다음날 수업이 끝나고 이동을 하는데 김 사장님으로부터 연락이 왔다. 한국의 희생자 가족들과 상의해본 결과 한번 한국에 들어가서 서로가 원하는 것과 조건 등을 검토해볼 필요가 있겠다는 내용이었다. 이 사실을 전해들은 잔은 회사와 상의 후 다시 연락을 해왔다.

"나, 잔이에요. 그쪽에서 원하는 대로 저희 회사에서 한국을 한번 다녀오도록 하겠습니다. 그런데 제 생각에는 한국에 도착해서 통역을 구하는 것보다는 레이첼(내 영어 이름)이 통역을 해줬으면 좋겠는데요. 이미 전반적인 상황을 파악하고 있으니 당신만한 적임자가 없을 것 같군요. 물론 모든 경비는 저희가 지불하겠습니다."

그때가 10월 중순이었으니 학기 중에 수업을 듣다가 말고 한국에 통역을 하러 가야 할 상황이었다. 이틀을 비행기에서 지내고 하루 정도 회의를 하면 총 사흘이면 다녀올 수 있을 터였지만 사흘 동안 시간을 비우면 여러 가지 일에 차질이 많을 것 같아 망설이고 있었다. 그러자 잔이 다시 한번 정중하게 부탁했다.

사실 그 제안을 받았을 때 문득 한국의 하늘이 보고 싶어졌다. 예전보다는 공해로 희뿌옇게 변하긴 했지만 그래도 캘리포니아에선 느낄 수 없는 독특한 빛을 담은 한국의 가을 하늘이 그리웠다. 교수님께 사정을 설명하고 학교 측으로부터 일주일간의 휴가를 얻었다.

비행기 안에서 작성한 수임 건의서를 잔과 함께 읽으며 이런저런 얘기를 나누다 보니 벌써 서울이었다. 잔은 한국 방문이 처음이라 그랬는지 조금은 긴장된 모습이었다. 게다가 항공기 추락 사건 소송 문제로 가면서 비행기를 타니 불안하기도 했던지 서울에 도착했을 때 벌써 많이 지쳐 있었다.

김 사장님이 마중을 나와 우리들을 공항 근처의 집결지로 안내했다. 약속 시간을 세 시간 앞두고 있던 터라 우리는 호텔에 짐을 풀고 간단하게 요기를 했다. 여러 가지 메뉴가 있었음에도 불구하고 잔은 기어이 샌드위치 한 조각에 생수를 고집했다. 한국에 대해 아는 것도 별로 없고 언뜻 보기에 별로 잘사는 나라 같아 보이지도 않았던지 영 못 미더워하는 눈치였다. 물도 생수가 아니면 안 마시고 한국 음식은 먹어보려 들지도 않았다. 그런 그의 모습은 세상 물정 모르는 부잣집 막내 도련님 같았다.

어느덧 시간이 되어 만나기로 한 장소로 가보니 예상했던 것보다 많은 사람들이 모여 있었다. 이미 사고가 난 지 두어 달 지난 후였지만 아직도 희생자 가족의 얼굴에는 상실의 고통이 베어 있었다. 사랑하던 누군가와 어느 날 갑자기 다시는 만날 수가 없게 된다는 건 상상조차 하기 싫은 일이 아닌가.

잔은 자기 소개와 내 소개를 한 후 준비해간 수임 조건 사항이 적힌 프린트물을 나누어주었다. 스무 명 이상이 단체로 소송을 원할 경우엔 타 회사가 제시한 수임료보다 싼 금액에 해주겠다는 내용이 골자였다. 승소를 해야 수임료를 받을 수 있는 경우였기 때문에 희생자 가족의 입장에서는 나쁠 것이 없는 조건 같아 보였다.

설명이 끝나자 여기저기서 유가족들이 손을 들고 질문을 했다. 그 중 나이 지긋한 중년 남자는 전직이 훈장이었는지 말끝마다 평상시에 접하기 힘든 어려운 한자를 섞어 쓰는 바람에 통역이 중간중간 끊기게 되었다. 다른 분이 한자를 쉬운 말로 풀이해준 후에야 계속해서 통역을 진행할 수가 있었다.

자기 말을 못 알아듣는 게 답답했던지 그 남자는 급기야 "한국 사람이면 한국말을 제대로 알아야지, 영어만 잘해서 뭐해!"라며 소리를 질렀다.

마음이 어수선했다. 그 남자의 호통보다도, 가족을 잃은 슬픔이 가시기도 전에 승소하면 얼마를 받게 될 건지에 대해 계산을 해야 하는 그들의 얄궂은 운명을 바라보는 것이 나를 착잡하게 만들었다.

세 시간에 걸친 긴 회의가 끝나자 잔은 그냥 집에 돌아가고 싶다고 보채더니 비행기 시간을 알아보고 그대로 짐을 싸들고 마지막 비행기에 올랐다. 그에겐 하루도 더 머물고 싶지 않은 낯선 땅이었겠지만 내겐 가족과 친구들이 있는 곳이었다. 난 한국에서 며칠 더 머물기로 했다.

며칠 후 다시 현실로 복귀했을 때 잔으로부터 전화가 왔다.

"아직 합의가 쉽게 이루어지지 않는데다가 한국에 있는 희생자 가족들과 커뮤니케이션을 하는 것도 만만치 않은 문제라서 회사에서 고심하고 있습니다. 만일 저희가 이 사건을 맡지 않더라도 도움을 준 레이첼에 대해서 모두 고마워한다는 것을 말해주고 싶군요. 가까운 시일 내에 다시 연락할게요."

예상대로 잔의 법률 사무소에서는 이 소송에서 손을 떼기로 결정했고 희생자 가족들은 다시 변호사를 선임하는 문제로 씨름하게 되었다.

내가 그토록 꿈꾸었던 변호사라는 직업에 가까이 다가가볼 수 있었던 그 일에서 나는 학생들을 가르치는 것이 얼마나 신성하고 순수한 일인지를 다시 한번 깨닫게 되었다. 내겐 또 하나의 추억을 만들어준 시간이자, 당시 내가 하고 있던 일들에 대한 소중함을 일깨워준 잊지 못할 경험이었다.

뿌리 깊은 나무는 바람에 흔들리지 않으니 꽃 좋고 열매가 풍성할 것이요, 샘이

깊은 물은 가뭄에 마르지 않으니 내가 되어 바다에 이르리라. —용비어천가

뿌리 깊은 나무

고등학교 시절 교과서에 실린 고전문학 작품들 중에서 유일하게 좋아하게 된 구절이 용비어천가 2장이다. 용비어천가의 한 구절은 마치 성경 말씀처럼 내 가슴에 새겨졌고, 난 그 말이 주는 어감을 몇 번씩 곱씹어보곤 했다. 물론 원래의 취지는 조선의 무궁한 번영을 기원하고 송축하는 글이었으나 내게는 그 후 오랫동안 어려운 시기를 겪어낼 때마다 꺼내볼 수 있는 소중한 경구가 되었다.

뿌리 깊은 나무처럼 굳건해지고 싶었고 가뭄에도 마르지 않는 샘물처럼 깊어지고 싶었다. 그렇게 깊어지고 바람에도 흔들리지 않아 좋은 꽃과 열매를 맺을 수 있는 방법이 무엇인지 나는 내 인생을 통

해 찾고 싶었다. 그러기 위해서는 그만큼의 고통과 인내의 세월을 살아내야 한다는 진리를 난 아주 오랜 시간이 흘러 미국의 산타바바라의 한 해변에서 되새기게 되었다.

쉴 새 없이 한 학기 한 학기 등록금을 벌어가며 대학원 학비와 생활비, 아이의 교육비까지 도맡아 해결해야 했던 당시에, 대학원 마지막 한 학기를 남긴 상태에서 돈이 완전히 바닥나고 말았다. 게다가 몸은 더욱더 쇠약해져 오랫동안 앓아눕게 되었다.

그 당시 나는 처음으로 사람들이 왜 종교에 의지하게 되는지 뼈저리게 실감했다. 학업을 포기하고 한국으로 돌아가고 싶을 정도로 내 몸과 마음은 모두 지쳐 있었다. 결국 한 학기 남은 대학원마저 졸업하지 못할 수도 있다는 생각이 들자, 어느 날 새벽 동이 틀 때를 기다려 차를 몰고 두 시간 거리의 산타바바라 해변으로 향했다.

산타모니카에서보다 더 아름다운 여명을 지켜볼 수 있는 곳이 산타바바라였다. 쉬지 않고 앞만 보고 달려왔던 지난 몇 년의 세월이 이제는 너무 힘들고 벅차게 다가왔다. 누군가에게 응석이라도 부려보고 힘들다는 투정이라도 하고 싶었지만 나에긴 그럴 만한 상대가 없었다.

힘든 고비마다 그렇게 술 한 병에 시름을 덜어 바다에 던져버리고 오는 것이 내가 할 수 있는 유일한 투정이었다. 다음 학기 등록금을 마련하지 못한 상태였던데다 한국에 IMF 위기가 닥쳤다. 대필이나 과외 등 그 비싼 사립 대학 등록금을 벌 수 있게 해주던 일거리가 모두 끊겨버린 것이다.

하루하루 먹고 살 수는 있었지만 학교는 더 이상 다닐 수 없을 것 같았다. 에스키 교수님은 내게 장학금을 주선해주려고 애를 쓰셨지만 박사 과정이 아니라 힘들다며 되려 미안해하셨다.

학업을 잠시 중단해야 할 상황이었다. 그리고 쉬지 않고 달려온 몇 년간의 세월 덕택에 약해질 대로 약해진 몸 상태는 운동으로도 쉽게 극복이 되지 않았다. 일을 줄이고 휴식이 필요한 시기였다.

이제 딱 한 학기만 더하면 졸업인데 정말 돈을 구할 방법이 없었다. 의사 선배들도 있었고 변호사 친구들도 있었지만 태어나서 한번도 남에게 부탁이란 걸 해본 적이 없는 내게 자존심마저 버리고 돈을 빌린다는 것은 결국 생활을 포기하는 것보다 더 힘든 일이었다.

한국에 계신 어머니는 남동생이 사업을 한다고 있는 돈을 다 가져가 써버린 상태라 그저 미안하다는 말만 되풀이하셨다. 고지가 바로 저긴데 천만 원이 없어서 학위를 포기해야 한다는 사실을 인정하기 힘들었지만 달리 도리가 없었다. 처음부터 혼자 나선 여행이었고 스스로 책임져야 하는 선택이었건만 새삼 세상이 원망스러웠다.

새벽녘 태양이 바다 위로 솟아오르는 광경을 지켜보고 정리되지 않은 마음을 추스려 집으로 돌아오는 길이었다. 라디오 주파수를 이리저리 맞춰보는데 한국 라디오 주파수가 잡혔다. 중년의 지긋한 아나운서는 "뿌리 깊은 나무는 바람에 흔들리지 않으니 꽃 좋고 열매가 풍성하리니"란 멘트를 날리며 처음 들어보는 노래를 들려주었다. 정말 오랜만에 들어보는 구절이었다.

가뭄에 찌들어 메말라가는 나의 뿌리는 도대체 얼마나 깊이 뿌리를 뻗고 있는 것일까라는 생각이 들었다. 그리고 힘들게 온 길을 아무 성과도 없이 되돌아가야 한다는 것도 인정하기 힘들었다. 집으로 돌아오는 두 시간 동안 난 아무 생각 없이 계속 용비어천가 2장을 읊조리고 있었다.

집에 돌아오자마자 수첩을 꺼내 그 동안 내게 일거리를 주었던 여러 출판사에 전화를 걸기 시작했다. 그 중 한국에서 몇 손가락 안에 들어가는 한 출판사의 자매 회사와 연락이 되었다. 한때 직장 생활을 짧게나마 같이 했던 동료가 그곳의 기획실장으로 있었는데 아주 반갑게 전화를 받아주었다.

난 급하게 일거리가 필요하다고 했고 그 친구는 알아볼 테니 좀 기다려보라고 했다. 그럴 시간적 여유가 없었지만 칼자루를 쥐고 있는 입장이 아니었으니 무조건 기다릴 수밖에 없었다. 그러고 나서도 여러 출판사와 학원들에 연락을 취했다. 할 수 있는 한 최선은 다한 것 같았다.

그리고 며칠 뒤 자포자기 상태에서 독감마저 걸려 앓아누웠는데 한국의 친구에게서 연락이 왔다. 마침 회사에서 급한 프로젝트를 준비 중인데 비즈니스 영어 회화책 네 권을 한 달 만에 완성시켜줄 수 있겠냐는 것이었다. 나는 선불로 계약금을 받을 수만 있다면 해보겠다고 약속했다. 그리고 한국에서 곧바로 8백만 원을 송금해왔다. 천만다행으로 여기저기서 모자라는 돈을 모아 가까스로 마지막 학기 등록금을 납부할 수 있었다.

그 후 한 달 동안 동료 루이스와 팀의 도움을 받아 네 권의 비즈니스 영어책 집필을 끝마칠 수 있었고, 무사히 마지막 학기를 지날 수 있었다.

끔찍했던 그때의 위기를 극복하면서 나는 내가 삶에 조금 더 깊숙이 뿌리내린 것 같다는 생각을 처음으로 해보게 되었다.

성공이 일보다 앞에 나와 있는 곳은 사전뿐이다. —작자 미상

다시 한국으로

USC 대학원 졸업을 얼마 앞두고 아이가 우등상을 탔다. 아이는 이제 학교 생활에 완전히 적응했고 무엇보다 자신의 정체성을 확립해가고 있었다. 자신감을 찾고 그 일에 최선을 다해 무언가를 성취하는 기분을 알게 된 아이가 나는 무척 자랑스러웠다.

자신감을 배운 사람은 일을 할 때 소신 있게 자신의 의견을 이야기할 수 있고 자신이 하는 일에 대해 흔들리지 않는 믿음을 가질 수 있다. 그래서 남이 하는 이야기에도 귀 기울이고 타인을 존중하는 법도 알게 된다. 나의 소중함을 깨달으면 타인의 소중함도 자연히 알게 되는 법이다. 진정으로 내 존재의 소중함을 알면 타인을 존중

하는 마음과 그 방법도 자연스럽게 터득하게 되는 것이다.

내가 아이의 눈에서 본 것은 그런 자신감이었다. 처음으로 자기 힘으로 뭔가 이루고 성취한 것에 대해 흥분을 가라앉히지 못하는 모습. 그 모습을 보는 순간 긴장하고 살았던 지난 시간들이 정말로 헛되지 않다는 생각이 들었다.

미국에 도착한 지 얼마 되지 않은 것 같았지만, 그새 6년이 넘는 시간이 훌쩍 지나 아이와 난 졸업장을 하나씩 갖게 되었다.

아이는 여전히 내성적인 편이었지만 이전보다 자기 주장이 훨씬 강해지고 말도 많아졌다. 아이가 처음 영어에 재미를 붙였을 때는 수업 시간에 너무 떠들어서 담임 선생님에게 여러 번 불려갔었다. 그때마다 속상하긴 했지만 잘 되기 위한 과정이라며 아이를 토닥거려주었다. 아이는 나의 믿음을 저버리지 않았고 기대 이상으로 반듯하게 자라주었다.

졸업을 하게 되면서 난 다음 행로를 결정해야 했다. 힘들겠지만 더 큰 용기를 내 박사 과정을 밟을 것인지, 아니면 이대로 살 것인지. 하지만 대학원 졸업을 하면서 긴장이 풀렸던 탓인지 건강이 많이 악화되었다. 남들은 2년이면 끝내고 돌아가는 유학을 난 빈손으로 와서 3년을 준비한 후에야 시작할 수 있었기에, 이혼 후 계속되어온 정신적·육체적 긴장감이 갑자기 풀려버렸기 때문이었을 것이다.

한국은 IMF 위기 상황이었고, 이유도 없이 시름시름 앓게 된 내게 병원에서는 만성 피로 증후군이라는 진단을 내렸다. 일을 쉬지 않으면 나을 수 없다는 것이다. 한국의 중년 남성들에게서 흔히 볼 수 있다는 만성 피로 증후군. 책상에 앉으면 고개를 들 수 없을 정도의 두통과 더불어 전신에 무력감이 급습했다. 일을 해도 장시간 집중할 수 없었고 심한 빈혈에 구역질, 게다가 신장염까지 겹치게 되었다. 불면증과 더불어 하루 걸러 몸살이 찾아왔다. 오랫동안 방치한 건강에 적신호가 켜진 것이었다. 두통이 너무 심한 날은 운전을 하다가 사고를 낼 뻔한 적도 있었다. 제대로 먹고 제대로 잠자는 것을 잊고 살았던 것에 대한 벌치고는 너무 혹독했다. 긴장을 풀면 한순간에 무너질 수도 있다는 것을 처음으로 실감했다.

어린 시절부터 난 참 병약한 아이였다. 태어나자마자 이틀 만에 병원 응급실에 급성 폐렴으로 입원했을 때 의사는 아무래도 살리기 힘들 것 같다고 포기하라고 했었다고 한다. 그런 약한 체력 때문에 초등학교부터 고등학교 때까지 언제나 감기, 신장염, 위출혈 등 다양한 질병에 시달렸다. 그리고 미국 생활을 할 때도 몸살로 앓아눕기 일쑤였다. 틈틈이 헬스클럽을 다니며 기초 체력을 다지기 위해 노력했지만 쉽지 않았다.

유학 생활을 한 후 처음으로 쉬고 싶다는 생각이 들었다. 그리고 마침 나와 아이의 졸업으로 새로운 결정의 시기가 또다시 다가왔다.

'미국에 남을 것인가, 한국에 돌아갈 것인가?'

영주권을 신청해둔 상태였지만 다시 비어버린 통장과 바닥까지 떨어진 건강 상태는 처음으로 내게 진한 향수병을 불러일으켰다. 내겐 너무 소중한 가족인 어머니와 언니, 동생들이 한국에 살고 있었던 것이다.

　박사 과정을 계속 밟고 싶었지만 그러자면 다시 시험을 봐야 하고 서류를 준비해서 입학 허가를 받아야 했다. 하지만 주머니에 남아 있는 돈은 바닥나고 최악의 상태였던 건강 때문에 아무것도 할 수 없었다.

　에스키 교수님은 모교의 박사 과정에 입학할 경우 몇 학기가 지나면 조교 자리를 얻을 수 있을 거라고 날 설득했지만 몇 학기 동안 다시 학업에 매달리려면 어느 정도 재충전이 필요했다.

　게다가 중학교에 입학한 아이가 흑인 친구에게서 심한 인종 차별을 겪고 있었다. 같은 학교에 갱으로 있던 그 아이의 형은 우등생 동양인 아이를 유달리 미워하는 동생을 대신하여 화장실로 끌고 가 칼로 내 아이를 위협했다. 그 일로 아이는 심한 정신적 충격에 휩싸였고, 급기야 학교를 옮기게 해달라며 떼를 쓰기까지 했다. LA 중심부에 있는 공립 학교에 아이를 그대로 방치해둔 것은 너무 생각 없는 짓이었다. 초등학교부터 사립을 다닐 필요가 없다고 생각을 해온 건 사실이었지만 그냥 지나치기엔 아무래도 문제가 심각했다. 좀 괜찮아진 듯싶으면 언제나 다른 문제가 도사리고 있는 아이와 나의 인생.

　내 몸이 쇠약해졌다고 전해들은 어머니는 걱정이 되어서 계속 한국으로 돌아오라고 전화를 했고, 아이와 나는 우선 서로를 위해 귀국해보기로 했다. 경제 위기로 많은 유학생들이 귀국하던 시기라 짐을 싸서 돌아가는 것은 생각보다 수월했다. 병원을 갓 개업한 사촌 동생 내외가 들러 짐 꾸리는 일을 도와주었다.

"언니, 그냥 여기 살지 그래. 한국 상황이 지금 너무 안 좋다는데."

"내가 언제 상황에 따라 움직였니? 나한텐 그런 거 없어. 그냥 가야 되면 갈 뿐이야."

나의 싱거운 대답에 동생도 아무 소리 않고 짐 싸는 것을 도왔다.

"뭐 짐이 있어야 짐을 싸지, 그냥 몇 주 머물다 가는 사람 같은데, 뭐."

가든 그로브에서 LA로 옮겨와 5년을 내리 살았던 아파트라 정이 많이 들었다. 그래도 애써 정을 붙이지 않으려고 거부한 공간도 있었다. 방바닥과는 최대한 친해지지 않아야 한다고 마음을 먹고 책상에 앉아 뜬눈으로 밤을 새웠던 날들. 나의 삼십대 초반을 바치고 가는 공간이었다.

"그런데 말야, 아주 떠난다는 기분이 안 들어. 어쩌면 말야, 여기로 돌아오게 될지도 몰라. 미래를 누가 알겠니?"

떠나기 전, 나는 즐겨 찾던 UCLA 앞의 카페에서 친구 랄프와 만나 커피를 마셨다.

"잘하는 결정인지 다시 한번 생각해봐, 지연. 네 성격과 주관을 보면 넌 여기에서 사는 게 옳아. 그래도 떠나야 한다면 어쩔 수 없지만."

6년 동안 정들었던 랄프는 유난히 정이 많은 친구라 눈물을 글썽이며 가는 길을 막았다.

"왜 그래, 사람 맘 약해지게. 괜히 그러는 줄 다 알아. 여자친구랑 행복하게 지내, 누나 없다고 싸우지 말고."

친구와 나눈 몇 잔의 커피와 맥주로 길 떠날 채비를 마쳤다.

미국에 올 때 아무도 우리가 오는 걸 알 수 없었던 것처럼 갈 때도 그렇게 소리 없이 떠나고 싶었다. 한국은 IMF로 침울한 분위기라고 했지만 내겐 지난 시간보다 더 깊은 절망은 없을 것이기에 그 무엇도 두렵지 않았다. 다만 한국에서의 지난날들을 딛고 다시 당찬 모습으로 살아갈 수 있을지, 그런 여건이 허락될지에 대해선 확신이 없었다.

단지 내가 이젠 과거의 내가 아니라는 것, 그 사실 하나에 희망을 걸기로 했다. 그래도 내겐 고국이 아닌가.

3 꽁치가 영어로 뭐지?

여자로서 남성 중심의 사회에서 승부 근성을 가지고 전문적인
일을 한다는 것은 쉬운 일이 아니다. 여성이 전문성을 갖고 있다고 하더라도
능력을 인정해주지 않는 문화를 가진 조직 속에서 일하게 된다면,
그런 사람은 자신의 능력에 맞는 대접을 받지 못하고 지내야 할지도 모른다.

우리는 우리 인생의 주인공이다. —매리 맥카시

월드컵 조직위원회, '여성 외신과장'

미국 생활을 정리하고 한국으로 돌아왔을 때 한국 경제는 IMF 침체 국면을 맞고 있었다. 나 역시 다시 돌아온 한국에서의 삶에 쉽게 적응하지 못한 채 1년이란 세월을 흘려보냈다. 그리고 다시 어디로 건 내 꿈을 찾아 떠나야겠다는 결심으로 한국에 돌아와 몸담았던 강남의 한 영어 학원에 사표를 던졌다.

그 전부터 나는 파리 여행을 하고 싶었다. 그런데 우연히 평소 안면이 있던 사업체에서 프랑스로 가방 수입 계약을 하러 가는데 통역을 해달라고 부탁해왔다. 나에게는 더없이 좋은 기회였다.

파리로 떠나기 일주일 전쯤 국내의 한 스포츠지 기자였던 이모 씨가 내게 전화를 해왔다. 그는 나에게 2002년 한일 월드컵 한국 조직위원회의 외신과장 자리에 한번 지원해보라고 권했다.

"저 다음주에 파리로 여행가요."

"그럼 이력서만 제출하고 다녀와서 면접을 보든지. 확실히 된다고는 말 못해. 만약 된다면 세상을 읽는 눈을 키울 수 있는 기회가 되리라는 것 하나만큼은 장담해. 월드컵 조직위원회 사람들 대부분이 공무원이라 같이 일하게 되면 좀 답답하긴 할 거야. 지연 씨처럼 자유롭게 사는 사람들하고는 많이 다르지. 근데 그런 사람들과 부딪쳐보는 것도 좋은 경험이 될 거야. 다른 직책은 거의 공무원들이 맡고 있지만 외신과장 자리엔 좀더 국제적인 감각이 있는 사람이 필요해. 영어도 유창해야 하고 문화적으로도 외국 생활을 오래 해서 다른 문화를 융통성 있게 소화할 수 있어야 하고. 그런 적임자를 찾지 못해서 외신과장 자리가 계속 비어 있는 상태야. 지연 씨라면 잘할 수 있을 것 같아서 추천하는 거야."

"저 축구에 대해선 잘 모르는데 괜찮을까요?"

"축구 선수를 뽑는 게 아니니까 기본적인 상식만 있으면 돼. 일하다 보면 자연스럽게 배우게 되는 거고."

너무 갑작스러운 제안이라 일단 생각해보겠다고 했다.

그 후로 나는 그분의 제안에 대해서 진지하게 생각해보았다. 과연 내가 잘할 수 있는 일인지 쉽게 결정 내리기가 어려웠지만 여행을 가기 전에 우선 이력서는 내기로 했다.

나는 이력서를 준비해서 월드컵 조직위원회를 찾아갔다. 그날 바로 면접을 보게 되었다. 실장실로 안내받아 사무실을 걸어 들어가며 주위를 둘러보았다. 비교적 어두운 분위기였다. 정말로 공무원들의 조직 사회란 말이 딱 어울릴 만한 풍경들이 나의 시야에 들어왔다. 약간은 오래되어 보이는 철재 캐비닛과 책상들, 그리고 수십 개의 책상 앞에서 머리를 조아리고 식곤증과 씨름하고 있는 중년 남성들, 컴퓨터와는 전혀 안 어울릴 것 같은데 모니터를 바라보며 열심히 마우스를 움직이는 나이 지긋한 간부들, 예상 못한 것은 아니지만 현실은 생각했던 것보다 훨씬 더 심각해보였다.

더욱 놀라운 것은 그 많은 사람들 중에서 여성이 내 눈에 띄지 않는다는 것이었다. 열심히 좌우를 살펴보니 여직원 한 명이 한쪽 구석에서 열심히 타이핑하고 있는 모습이 보였다. 그녀 외에 다른 여성은 눈 씻고 찾아봐도 없었다.

'맙소사, 이런 곳에서 일해야 하다니, 정말 잘못 온 것 같군!'

어찌 보면 고정관념이겠지만, 그간 공무원이나 관료 조직에 대해 내가 상상했던 것과 실제 본 장면은 많이 다르지 않았다.

이윽고 만나게 된 홍보실장은 차근차근 조직위의 분위기를 설명해주었다. 그리고 면접을 보는 자리인 만큼 의례적인 질문과 답변이 오갔다. 그는 외신과장의 역할에 대해 이렇게 설명했다.

"한국의 월드컵을 전 세계에 홍보하는 방법에는 여러 가지가 있을 수 있는데, 그 중에는 언론 홍보도 있지요. 외신과장의 역할은 그런 언론 플레이를 담당하고, 방한하는 기자들에게 필요한 정보와 자료를 제공해주고, 한국과 월드컵에 대한 좋은 기사가 많이 나올 수 있도록 기여하는 겁니다. 때론 외국에 직접 나가 홍보를 할 수도 있고, 또 외국 기자들을 초청해서 세미나를 할 수도 있겠지요."

사실 그때까지만 해도 얼른 자리에서 일어나 이 낯선 분위기에서 벗어나고 싶다는 생각뿐이었다. 면접이 있기 며칠 전 친구 다니엘에게 월드컵 조직위원회에 이력서를 낸다는 이야기를 했을 때, 그가 보였던 반응이 떠올랐다.

"네가? 맙소사, 진짜 그건 아니야. 그런 조직에서 생활하는 게 얼마나 숨 막히는 일일지 안 봐도 뻔한 거 아니겠어? 네가 싫어하는 관료주의 인간들이 우글대는 곳이 틀림없을 거야. 다른 할 일도 많은데 그런 데 가서 고생을 왜 해? 차라리 우리 회사에 들어와서 나랑 사업이나 하자."

한국에서 5년 이상 거주하며 사업을 하고 있던 다니엘은 그렇게 한 방에 나의 고민을 정리해주었다. 그래도 이력서를 냈으니 면접에는 응해야 했다.

"만일 이지연 씨가 외신과장을 맡게 된다면 유일한 여성 과장이 되는 셈이지요. 그래서 더욱 힘들기도 하겠지만."

반은 체념한 상태로 성의 없이 자리를 지키고 앉았다가 '유일한 여성 과장'이란 말을 듣는 순간 무언가가 머리를 타다닥 치고 가는 기분이 들었다. '유일한 여성 과장'이란 말이 대문짝만한 글자로 머릿속에 박혀버린 것이었다.

언제나 시도때도 없이 불쑥불쑥 고개를 치켜드는 그런 도전의식이 문제였다. 과감하게 이혼 서류에 도장을 찍었을 때도, 아무 문제

120

없이 잘나가던 출판사에서 손을 떼고 단돈 천만 원 들고 미국 유학을 떠났을 때도, 모두 만류하는 대학원에 진학했을 때도, 그밖에 많은 경우들에서도 나의 도전적인 기질은 고개를 들고 100퍼센트 무모해 보이는 결정이나 행동을 서슴지 않고 저지르곤 했다.

이번 역시 그런 경우였다. 다니엘 말대로 관료 조직에서 근무하는 것이 불가능한 게 나라는 것을 알면서도, 또 뭔가 일을 저지르고 싶었다. 어차피 이것도 저것도 아닌 어중간한 상태로 지내야 한다면 좀더 의미 있는 일, 좀더 색다른 일을 해보는 것도 괜찮을 듯싶었다.

그리고 파리를 여행하는 동안 난 그런 결심에 좀더 힘을 얻게 되었다.

세상은 한 권의 책이라서, 여행을 하지 않는 사람은 한 페이지만을 읽는 것이다.

　　　　　　　　　　　　　　　　　　　　　　　　　　－교황 요한 바오로 2세

시드니 올림픽 시찰단

월드컵 조직위원회에 들어가자마자 2000년 시드니 올림픽 시찰자 명단에 내 이름이 올라갔다. 시드니 올림픽 프레스 센터의 운영 실태를 파악해 오는 것이 나와 보도부장의 임무였다. 통역과 나를 제외한 나머지 이십여 명은 모두 공무원들이었다.

우리는 시드니에 도착하여 바쁜 일정을 보내야 했다. 보도부장과 나의 임무는 프레스 센터의 시설과 배치도 그리고 운영 실태를 파악하는 것이었다. 메인 카운터의 자원 봉사자들은 적극적으로 안내해 주었고, 시민들의 그런 친절은 시드니에 대해 좋은 인상을 심어주는 데 한몫했다.

일정 중에 코카콜라 회사 측에서 주최하는 홍보 행사에 참석하게 되었다. 우리는 코카콜라 로고가 새겨진 점퍼 하나씩을 기념품으로 받아들고 행사의 이모저모를 살펴보았다. 수많은 사람들이 참석했지만 행사가 어수선하지 않을 수 있었던 건 그만큼 치밀한 계획과 철저한 준비가 뒷받침되었음을 증명하는 것이었다.

그런데 그렇게 열심히 준비한 것 같은 행사에도 빈틈은 존재했다. 개막식 전야제 티켓을 놓고 문제가 발생한 것이었다. 우리 시찰단에서는 세 명의 티켓이 모자라 전야제 행사 관람을 포기해야 하는 상황이 벌어졌다.

결국 나를 포함한 한 여성과 나이 드신 과장님 한 분이 서열에 밀려 강제 포기를 권고당했다. 자신이 개막전을 관람할 수 없다는 소리를 들은 S양은 개막전 표를 직접 사서라도 관람을 하겠다고 나섰다.

"당신들이 내게 기회를 주지 않는다면 내가 돈을 주고 그 기회를 사지요."

그 얘기를 들은 마음씨 좋은 젊은 부장이 나섰다.

"내 표를 드리다. 시드니에 시찰을 온 거니까 그런 거 안 봤다고 의무를 게을리했다는 소리를 듣지는 않을 거요."

행정 고시 출신에 중국 유학까지 다녀온 젊은 부장은 너그럽게 아랫사람에게 양보를 했다. 보기 좋은 모습이었다. 비합리적인 선택을 받아들이지 않고 당당하게 부딪쳐 권리를 얻은 S. 난 그렇게 하지 못했다. 아니, 이번엔 그렇게 하지 않기로 했다. 난 속으로 더 큰 권리를 요구해야 할 순간이 올 거라고 생각했다.

다음날 시찰단의 강행군은 계속되었다. 아침부터 각자 흩어져 올림픽 경기장 시설을 둘러보았고, 점심에는 코카콜라 임직원들과 조직위원회 직원 간의 오찬에 참석했다.

점심 약속이 돼 있는 레스토랑에 들어서자 얼굴 가득 함박웃음을 머금은 금발의 웨이터가 이층 방으로 안내해주었다.

최창신 사무총장님은 여느 때처럼 카리스마 넘치는 모습으로 직원들을 챙기셨다. 마치 남북 정상회담을 위해 준비해놓은 듯한 긴 테이블을 사이에 두고 코카콜라 임원들과 월드컵 조직위 임직원들이 섞어 앉았다.

"이 과장은 저쪽 자리에 앉아서 코카콜라 지사장과 운영국장 통역을 맡아."

방에 들어서서 좌석 배열까지 세세히 신경을 쓰시던 최 총장님의 지시였다. 지시대로 코카콜라 한국 지사장과 운영국장 사이에 앉은 나는 두 분의 자기 소개와 월드컵 준비 현황 등에 대한 설명을 도왔다.

최 총장님의 인사와 코카콜라 본사 측의 답사가 있은 다음 자연스레 식사가 이어졌다. 최 총장님과 우리 측을 제외한 나머지 테이블은 갑자기 물을 끼얹은 듯 조용해졌다. 영어로 의사소통을 할 수 없던 조직위의 부장, 과장들이 조용히 밥 먹기에만 열중하고 있었다. 이런 장면을 보면서 나는 매우 난감했다. 한국 사람들은 대체로 식사 중에 대화를 삼가고 오로지 밥을 먹는 데만 신경쓰는 반면, 서양 사람들은 한시도 쉬지 않고 대화하면서 식사를 하는 문화가 아닌가. 갑자기 밥 먹기에 주력하는 분위기로 바뀌자 대화는 코카콜라 측의 몇몇 임원과 나의 자연스러운 잡담으로 이어졌다. 한국에 부임한 지 얼마 안 된 지사장이 한국에 대해 느낀 점과 시드니 올림픽 개막전을 보고 느낀 점, 그리고 코카콜라 직원들의 근무 상황과 미국에서 유학하는 동안 느낀 점 등이 식사하는 동안 화젯거리로 오르내렸다.

두 시간에 걸친 식사를 마치고 우리는 레스토랑 밖에서 작별 인사를 나누었다. 아무 말 없이 식사를 하던 사람들 몇 명은 기름진 서양식 식사가 영 개운찮았던지 입맛을 다시며 바지춤을 허리 위까지 끌어올리며 밖으로 나왔다. 다른 문화를 접해본 경험이 있고 없고의 차이가 국제 무대에서 어떤 모습으로 나타나는지를 최창신 총장의 능숙한 외교술과 다른 공무원들의 엉거주춤한 태도를 보며 다시 한번 깨달았다.

바쁜 일정이었지만 두루두루 얻은 게 많은 여행이었다. 국제 행사의 준비 과정을 지켜보고, 국제 회의에 직접 참석해보면서 한국과 선진국의 차이를 새삼스레 인식할 수 있었다.

그런데 한 가지, 앞으로 내가 과연 틀에 박힌 사고방식을 지닌 많은 공무원들 틈에 끼어 잘 견뎌낼 수 있을까 걱정스러워지기도 했다.

누군가 제대로 도움을 주려고 할 때 거절하는 사람은 없다. —A.C. 벤슨

통역 도우미

월드컵 조직위원회에서 근무한 지 몇 개월 되지 않아 정몽준 위원장의 취임식이 있었다. 정몽준 위원장은 워낙 언론의 관심을 끄는 인물이라 취임식에 많은 내·외신 기자들이 참석했다. 취임식 후 거의 모든 행사가 마무리되자 대부분의 직원들이 자리를 떴지만, 외신 기자 몇 명이 자리를 지키고 있었기 때문에 기자들을 관리해야 하는 난 자리를 뜰 수가 없었다.

AFP(프랑스 통신사) 지국장이던 팀이 멀리서 손짓을 하며 다가왔다.

"헤이, 지연. 정몽준 위원장께 질문을 좀 하고 싶은데 괜찮은지 물어봐줄래?"

126

팀은 외신 기자 중에서도 나와 가장 친한 기자 중 한 명이었다. 강한 영국식 악센트로 말하는 그를 처음 접하는 사람들은 그의 영어를 알아듣는 데 애를 먹곤 했다.

정몽준 위원장과 정식으로 인사를 한 적이 없는 상태였지만 그렇다고 해서 지국장인 팀의 부탁을 거절하는 것도 예의가 아니었다. 다른 한국 기자들의 질문에 열심히 답하고 있는 정 위원장의 옆으로 다가갔다.

"위원장님, 외국 기자들을 담당하는 외신과장 이지연입니다. AFP 지국장이 개인적으로 질문을 좀 드리고 싶다고 하는데요."

정 위원장은 주저하지 않고 팀의 옆으로 가 악수를 청하며 질문을 받았다. 보통 이럴 때에는 통역 요원이 따라 붙어줘야 하는데 공식적인 기자회견이 끝났기 때문에 모두 퇴장을 해버린 후였다. 정 위원장도 주위를 둘러보다가 마땅한 도움의 손길을 발견하지 못하자 직접 인터뷰에 응했다. 미국에서 학위를 마쳤다고 들은 정 위원장의 영어 실력은 기대 이상이었다. 통역의 도움 없이도 대화를 자연스럽게 이어나갔다.

자리를 비키려고 하는데 두 사람의 대화가 잠시 끊겼다. 팀을 쳐다보니 뭔가 질문을 했는데 답을 듣지 못한 듯했다. 내게 도움을 청하는 듯한 두 사람의 시선과 동시에 마주치면서 난 "괜찮으시다면 제가 통역을 좀 도와드릴까요?"라고 물었다.

팀에게 다시 한번 질문을 듣고 정 위원장에게 통역을 해주기 시작했다. 미국 영어에 익숙해 있던 정 위원장도 팀의 강한 악센트 때문에 질문을 제대로 이해하지 못한 듯했다.

"북한의 월드컵 참여 가능성에 대해 묻고 있습니다."

질문을 듣자 정 위원장은 잠시 생각을 정리하곤 유창한 영어로 대답했다.

그 후 한 5분 동안 팀의 질문을 내가 통역해주면 정 위원장이 직접 영어로 답변하는 방식으로 인터뷰가 계속되었다. 뜻밖의 수확에 만족한 팀은 인터뷰가 끝나자 감사의 말과 함께 내게 다음날 점심식사를 약속하고 기사를 쓰기 위해 먼저 자리를 떴다.

나도 돌아 나오려는데 정 위원장이 내게 다가오며 인사를 건넸다.

"오늘 도와줘서 고마웠어요. 홍보부의 누구라고 했지요?"

"홍보실의 외신과장 이지연입니다. 해외 언론 홍보를 담당하고 있습니다."

정 위원장은 도와준 것에 대해 정말로 고마워하는 눈치였다. 그는 내게 월드컵 조직위원회에서 일하게 된 경위와 그 외 여러 가지를 구체적으로 질문한 후 다시 한번 고맙다는 인사를 남기며 자리를 떠났다.

외국 기자들뿐 아니라, 외국인이 포함된 행사를 치르다 보면 어디에서 예기치 못한 질문이 튀어나올지 알 수 없다. 그리고 그런 상황에 대처하는 순발력은 경험이 쌓일수록 늘어간다는 사실을 그 후 수십 차례의 기자회견과 국제 행사를 준비하며 몸소 실감할 수 있었다.

통역 도우미 역할이 깊은 인상을 남겼는지 정 위원장은 그 후에도 다른 사람에게 나를 소개할 땐 언제나 '외신 홍보 담당 이지연 과장'이 아닌 '통역 담당 이지연 과장'이라고 했다. 그 후 1년 넘게 난 외신 기자들을 담당하는 나의 업무 때문에 여러 번 그의 일을 돕게 되었다. 그때의 내 역할은 내게 더욱더 자신감을 심어주는 계기가 되었다.

이 과장, 잘했어!

월드컵 조직위원회의 실질적인 업무를 총괄하며 총대를 메고 있던 최창신 사무총장과 홍보부를 떠맡고 있던 홍보실장이 인터넷 홈페이지에 잘못 게재된 한국 정보에 대한 책임을 지고 물러나게 되었다. 그 후 조직위원회의 빈자리는 새로운 사람을 맞을 준비를 하고 있었고 공동위원장 체제를 다져가고 있었다.

일본 조직위원회의 홍보국과 계획했던 제1차 한일 월드컵 기자 대상 세미나가 다가왔다. 아직 홍보실장이 임명되지 않은 상태였기에 그 바로 다음 직책인 보도부장이 그 역할을 대신했다. 내겐 한국 측 대표로 월드컵 준비 현황에 대해 한 시간 동안 프리젠테이션을 해야 하는 임무가 주어졌고, 그 일로 나는 보도부장과 요코하마에 출장을 가게 되었다.

새로운 프로젝트가 생길 때마다 찾아오는 긴장감은 사람을 어느 정도 건강하게 만든다. 난 세미나 발표에 긴장하면서도 또한 무언가 새로 도전할 것이 생겼다는 사실에 희열을 느꼈다. 하지만 세미나가 열리기까지 얼마 남지 않았고 자료 준비를 제대로 못한 상태여서 한편으론 불안하기도 했다.

"이번 일을 이렇게 짧은 시간에 준비하는 것은 무리예요. 자료 준비는 부장님께서 좀 도와주세요."

부장님도 내 솔직한 부탁을 외면하지는 않으셨다.

제1차 한일 월드컵 준비 현황 세미나에는 세계 최고의 외신과 축구 전문 기자들이 참석했다. AP, AFP, Reuters 외에도 축구에 강세를 보이는 유럽 기자 40여 명이 참석한 가운데 2박 3일 일정의 세미나가 일본 요코하마에서 개최되었다.

일본 측이 주최한 이번 세미나의 경우는 일본의 준비 현황에 대한 설명을 주로 하고 한국의 준비 현황에 대한 설명은 한 시간 정도의 브리핑으로 마칠 예정이었다. 마찬가지로 제2차 세미나에서는 한국의 발표가 주축이 되고 일본이 한 시간 동안 브리핑을 하게 되어 있었다.

FIFA의 대변인 키스 쿠퍼 이외에도 준비 현황을 알아야 하는 많은 관련업계가 참관한 가운데 내 차례가 다가왔다.

"한국 측 대표로 참석한 이지연 외신과장의 프리젠테이션이 있겠습니다."

나는 박수갈채를 받으며 연단으로 나갔다.

"안녕하세요, 여러분. 한국 월드컵 조직위원회의 외신과장 이지연입니다. 한국을 대표하여 여러분에게 월드컵 준비 현황에 대해 설명하고자 이 자리에 나왔습니다."

사람들의 시선이 전부 나를 향하고 있다는 걸 의식하지 않을 수 없었다. 입이 바짝 마르고 다리가 굳을 정도로 긴장되었지만 나는 전혀 내색하지 않았다.

일본 측에서는 이미 대여섯 명의 담당자들이 발표를 마친 상태라 내 발표가 그날의 마지막 순서로 남겨져 있었다. 하루 종일 이어지는 세미나라서 피곤할 법도 하건만 누구 하나 지친 기색을 보이는 사람은 없었다. 정확히 45분에 걸친 발표가 끝나고 기자들의 질문 공세가 이어졌다. 나는 최선을 다해 기자들의 질문에 답변했다.

"한국의 준비 상황은 다음 제2차 세미나에 오시면 좀더 자세히 설명을 드리겠습니다. 경청해주셔서 감사합니다."

발표가 끝나고 휴식 시간이 되자 외신 기자들이 일제히 나를 에워쌌다.

"로이터 통신의 래리 루빈스타인입니다. 좋은 발표였습니다. 다음 한국 세미나에서도 좋은 발표 기대하겠습니다."

많은 기자들이 한국 월드컵 조직위원회 자리로 정해진 우리 좌석 쪽으로 모여들자 보도부장도 흡족해했다. 보도부장은 영어에 서툴러도 기자들에게 열심히 인사를 한마디씩 건넸다.

"이 과장, 잘했어. 아주 잘했어!"

그날 발표는 한국 조직위의 위상을 외신 기자들에게 인식시키는 좋은 계기가 되었고, 나 자신에게도 뜻 깊은 자리였다.

나는 그들의 박수 소리를 아직도 기억한다. 그건 수고했다는 격려의 박수, 잘했다는 칭찬의 박수, 그리고 세미나를 한 시간 다 채우지 않고 일찍 마무리해준 것에 대한 고마움의 박수였다. 또한 홀로 선 여자에 대한 박수였을 것이다.

목표가 있는 사람은 성공하기 마련이다. 자신이 어디로 가는지

알고 있기 때문에. ─얼 나이팅게이트

레이첼64

제2차 한일 월드컵 세미나는 예정보다 좀 늦어졌다.

요코하마 세미나와 마찬가지로 전 세계 축구 전문 기자들을 선발 초청하는 작업부터 시작되었다. 요코하마 세미나에 왔던 기자들 중 대다수가 이번 세미나에도 초청되었다. 각 언론사의 중견급 기자들과 월드컵 기획을 담당하고 있는 베테랑 기자들이 주대상이었다. 그 중에는 월드컵을 4회 이상 취재한 기자들도 몇몇 있었다.

30명이 넘는 기자들과 한일 월드컵 관계자들, 그리고 그밖의 FIFA 파트너 업체들을 초대하면 50명이 넘는 인원이 참여하는 행사였기에 혼자서 모든 것을 계획하고 꾸려나가기에는 힘에 부쳤다.

신임 홍보국장에게 행사 대행 업체와 계약을 맺고 전체 통괄을 맡겠다고 했더니 흔쾌히 승낙했다. 하지만 행사 대행 업체를 선발하는 기준은 '최저 입찰제'여야 한다는 총무부의 주장 때문에 일이 지연되었다. 얼만큼 훌륭하게 행사를 치를 것인가에 관심을 보이기보다 제일 싼 가격을 고집하는 조직위원회의 입장이 나로선 잘 이해되지 않았지만, 어쨌든 불행 중 다행으로 손해를 보더라도 행사를 꼭 맡고 싶어하는 이벤트 회사가 있어서 일을 진행시킬 수 있었다. 파트너가 생긴데다가 새로 온 홍보실의 김택형 담당관도 큰 힘이 되어주었다.

행사 준비는 일사천리로 진행되었다. 행사에 초대할 전 세계 기자들을 선별해서 초대장을 발송하는 일, 그리고 그들에게 답장을 받아 참석자 명단을 만드는 일, 그들 각각의 입국 시간과 항공편을 파악해서 리스트를 만드는 일, 체류 호텔을 결정하고 세미나실을 잡는 일, 세미나의 발표 주제를 결정하고 발표자를 선정하는 일, 각 부서에서 월드컵 준비 현황에 대한 최신 자료를 지원받아 세미나용 안내 책자를 만드는 일, 그리고 완벽한 리허설을 하는 일 등 구체적인 일들이 척척 진행되었다. 이제 남은 문제는 2박 3일에 걸친 세미나 발표 자료를 준비하는 일이었다.

월드컵의 전반적인 준비 현황을 다루어야 했기 때문에 나 혼자 자료를 만드는 것은 무리였다. 그리고 어떤 행사든 규모가 크면 전문 인력을 적재적소에 배치하는 것이 성공의 열쇠라는 것을 알았기에 욕심 부리지 않기로 했다.

각 담당 부서에 협조 공문을 돌려 세미나 자료를 받아냈다. 그 중에서도 미디어국은 중추적인 도움을 주어야 하는 부서였다. 미디어국의 부장들을 직접 찾아가 도움을 청했다.

김기현 부장은 홍보국에 있다가 미디어국으로 옮겨갔던 터라 누구보다 적극적인 도움을 자처했다. 월드컵 경기장이나 미디어 센터의 시설물을 설치하고 기술적인 문제를 해결하는 부서인 미디어 기술부의 조 부장은 열성적으로 세미나 준비를 거들어주었다. 오랜만에 열정이 있는 괜찮은 사람들과 일하고 있다는 생각이 들었다.

4월 8일 미디어 세미나의 첫날은 가벼운 리셉션으로 시작되었다. 국장의 요청으로 세미나 사회를 맡게 된 둘쨋날은 내게 또 한번의 설렘이었다.

"안녕하세요, 여러분. 모두 착석해주시기 바랍니다. 제가 오늘 아침에 라디오 영어 회화 프로그램을 진행했는데요, 끝나자마자 이곳으로 달려왔습니다. 덕분에 아직도 숨이 가쁘군요. 오늘 이 세미나의 사회를 맡은 이지연입니다. 이 자리에 계신 많은 분들께선 저를 Rachel64란 이름으로 기억하실 테지만요."

세미나를 준비하면서 FIFA의 키스 쿠퍼를 포함한 초청 대상 기자들과 두 달여 동안 이메일로 연락을 주고받을 당시 내 이메일 주소는 'rachel64'였다. 레이첼과 이지연의 관계를 모르는 기자들 몇이 "도대체 Rachel64는 누구죠?"라는 질문을 하는가 하면, 키스 쿠퍼는 기자들이 회람하는 이메일에서 "레이첼, 64가 무슨 의미이지요? 당신이 64살이란 말인가요? 그렇게 늙어 보이지는 않는데……"라며 농담을 던지기도 했다. 세미나에 참석한 기자들과 나는 어느새 많이 친해져 있었다. 그런 사실을 입증이라도 하듯 세미나 중간중간 발표하거나 질문을 하기 위해 마이크를 잡은 기자들이 내게 감사의 말을 전하는 것을 잊지 않았다.

이번 세미나가 일본에서 열렸던 제1차 세미나보다 훌륭했다는 평가를 받은 데는 여러 가지 이유가 있었다. 우선 월드컵이 1년여 앞으로 다가와 있었기 때문에 모든 준비가 마무리 단계에 있었다는 점이 우리에게 유리하게 작용했고, 일본 측 세미나보다 더 많은 부서와 담당자들의 적극적인 참여도 효과를 거두었다. 미디어국의 천영일 부장, 조해남 부장, 김기현 부장, 시설부, 통신부 등 많은 사람들이 발벗고 도와준 것이 세미나를 성공으로 이끈 결정적 요인이었다.

세미나에서 내가 본 것은 뜨거운 열정을 가슴에 품고 있는 사람들이었다. 그 열정을 쏟을 곳만 있다면 얼마든지 더 뜨거워질 수 있는 사람들이건만 때론 기회를 못 만나고 때론 사람을 잘못 만나 가슴에 불을 숨긴 채 사는 사람들. 열정과 노력만으로 자신이 뜻하는 바를 이룰 수 없기 때문에 가슴 깊이 그 불을 숨겨두어야만 한다는 건 안타까운 일이다. 그런 뜨거운 사람들을 더욱 뜨겁게 달구어줄 용광로가 되어줄 수만 있다면…….

공식적인 세미나 일정은 다 끝났지만 저녁에 정몽준 위원장 초대 만찬이 열렸다. 그리고 나는 다시 사회를 봐야 했다. 한국 기자들도 참여하는 자리라서 분위기 조성이 무엇보다 중요했다. 한시도 긴장을 늦출 수 없었다.

저녁 만찬에는 외국 기자들뿐 아니라 월드컵 담당 국내 기자, 축구 관계자, 각계 명사들이 선별 초청되었다. 정 위원장의 환영사가 끝나고 식사를 하는 순간이 되어서야 난 제2차 국제 세미나가 성공리에 끝났다는 것을 확인할 수 있었다.

무언가 하나를 이루어낼 때의 기쁨은 한번 맛보게 되면 절대 잊을 수 없는 경험이 되곤 한다.

실패란 결과의 문제가 아니라 태도의 문제이다. –하비 맥케이

숫자가 두려워

월드컵이라는 국제 행사는 세계 언론의 뜨거운 관심의 대상이다. 그래서 월드컵 조직위원회에는 1년 365일 내내 전 세계 언론의 취재 요청이 쇄도했다. 월드컵이 개최되고 나서는 경기장에 대한 취재가 많았지만, 그 전까지 대부분은 조직위원회 위원장들과 인터뷰를 하고 싶어 했다.

정몽준 위원장과 이연택 위원장으로 구성된 양대 위원장 체제이다 보니 기자들이 두 사람 중 한 명을 지목하여 취재 요청을 하지 않는 이상, 상의를 거쳐 인터뷰를 분배해야 했다. 외신 인터뷰는 주로 정몽준 위원장이 담당했지만 때론 이연택 위원장이 인터뷰에 응할

할 때도 있었다. 인터뷰가 있을 때마다 외신 기자들을 안내해 취재가 성공적으로 끝날 수 있도록 돕는 일이 내가 해야 하는 주요 업무 중 하나였다.

남미의 중견급 언론인 일곱 명이 방한하여 이연택 위원장을 접견하기로 한 날은 유난히 기자들의 방문이 많아 분주했다. 여느 때처럼 기자들을 안내하여 위원장실에 도착했다. 서로간에 가벼운 인사가 오갔다.

그때 이연택 위원장이 나를 돌아보며 물었다.

"통역은 언제 오나?"

"통역이요?"

주위를 둘러보았지만 통역자는 아무도 없었다. 난 기자들이 통역과 함께 온다고 알고 있었기 때문에 따로 통역자를 요청해놓지 않은 상태였다. 나는 당황할 겨를도 없이 사태를 파악한 뒤, 곧바로 비서실로 뛰어갔다.

"통역할 사람이 안 왔다고 하는데, 급하게 통역자를 좀 불러주세요. 저희 스페인어 통역은 없지요?"

비서실장도 통역이 없다는 말에 얼굴이 노래졌다.

"알겠습니다. 먼저 들어가 계세요."

외신과장을 맡은 이래 처음 저지른 실수였다.

우선 급한 대로 위원장님의 인사말부터 통역했다.

"통역할 사람이 도착하려면 시간이 조금 걸릴 테니 제가 우선 통역을 하고 있겠습니다."

140

한국에 오신 걸 환영한다는 인사말을 전하고 막 월드컵에 대한 얘기를 시작하려는데 비서실장이 들어왔다.

"지금 자리에 있는 영어 통역사가 한 명도 없다고 하는데요."

그러자 아무렇지도 않다는 듯 이연택 위원장이 나를 쳐다보며 말을 이었다.

"그럼 이 과장이 하지 뭐."

아무런 준비도 되어 있지 않은 상태에서 치르는 또 한번의 시험이었다.

워낙 달변인 이 위원장은 다시 기자들을 쳐다보고 한국의 월드컵 준비 현황에 대해 설명하기 시작했다.

필기 도구 하나 없이 동시 통역을 해나가는 것은 쉬운 일이 아니었다. 더구나 영어가 모국어가 아닌 이들에게 통역을 하는 것은 더욱 힘든 일이었다.

한국식 영어에는 한국어 특유의 악센트가 있듯이 일본식 영어나 유럽인들의 영어, 그리고 남미인들이 쓰는 영어에도 나름대로 모국어에서 비롯되는 악센트가 있다. 그렇기 때문에 독특한 발음과 악센트에 적응하는 데 일정한 시간이 필요하다. 이런 면에서 보면 어렸을 때 외국에 살아본 적이 있는 사람은 나이 들어서 영어 공부를 시작해 귀를 열어가는 사람보다 유리한 점이 훨씬 많다. 암기식 학습이 아니라 모국어를 체화하듯이 영어를 내 것으로 만들어갈 수 있기 때문이다. 나는 스물이 넘어 귀를 열었고, 서른이 넘어 미국 유학을 갔기 때문에 간혹 그런 난관에 부딪힐 때가 있었다. 하지만 다행히도 일곱 명의 남미 기자들은 질문을 하는 것보다 이 위원장의 설명을 듣는 걸 더 좋아했다.

유학 시절 여름방학을 이용해 UCLA에서 법정 통역 수업을 들은 적이 있었다. 그때 배운 바에 따르면 통역이란 상대가 하는 말을 그대로 정확하게 옮겨야 하는 것이기 때문에 주관적인 감정이나 비유가 섞여선 안 된다. 하지만 그때는 그런 원칙에 충실할 겨를도 없이 순발력 하나에 의존해서 감각적으로 통역을 할 수밖에 없었다.

한 30분 정도 흘렀을까, 이 위원장은 마지막으로 월드컵 경기장 건설비와 준비 비용에 대한 설명을 이어갔다.

"월드컵 경기장을 짓는 데 2조 이상의 비용이 들었습니다. 이 과장, 원화를 달러로 바꿔서 설명해주세요. 저분들이 이해하기 쉽게."

나는 갑작스러운 위원장의 요청에 말문을 열지 못한 채 한참 동안 멍하니 벽만 쳐다보았다.

사실 난 수학을 병적으로 싫어하고 못 했다. 대입 학력고사를 볼 때도 수학 시험은 한 문제도 풀지 못하고 모조리 찍었다. 미국 대학원 입학 시험을 봤을 때도 영어 성적은 남보다 잘 받았지만 수학에서는 점수가 낮아 별 이득을 보지 못했다. 내 마음속엔 숫자에 대한 공포가 깊이 자리잡고 있었다.

그런 나에게 '조' 단위의 숫자를 곧바로 '달러'로 환산해서 통역하는 것은 쉬운 일이 아니었다. 하지만 모두 나만을 바라보고 있는 상태에서 "난 계산에 약해요"라고 말할 수도 없는 노릇이었다. 재빨리 머릿속으로 암산을 해보았다. 속도를 늦춰 달러로 환산해 통역을 했지만 그 숫자가 정확한지 확신이 없었다. 한번 당황하면 한동안 정신을 못 차리는 버릇대로 그 후 통역은 거의 내 정신이 아닌 상태에서 진행되었던 것 같다.

기자들에게 "전문 통역인이 없어서 제가 대신했는데 제대로 했는지 모르겠군요"라고 웃으면서 마무리하자 기자들은 "도와주셔서 감사합니다"라고 말하며 모두 박수를 쳐주었다. 내가 당황한 이유를 모르는 이 위원장도 흐뭇해하는 표정이었다.

통역을 미처 준비하지 못한 실수와 '숫자'에 대한 실수가 어우러져 마음을 어지럽히니, 그런 격려의 박수도 내게는 별 위안이 되지 못했다. 기자들을 엘리베이터까지 안내하고 자리로 돌아왔을 때, 나는 방금 전 통역한 숫자가 맞는지 너무 궁금했다.

종이에 숫자를 써보며 계산하다가 이내 계산기를 동원했지만 결국 포기하고 말았다. 다시 계산해본들 무슨 소용이 있으랴, 그것 또한 맞는 계산이 아닐 텐데. 이런 생각에 펜을 내려놓는데 허탈한 웃음이 나왔다.

그날 이후 나는 이 위원장의 취재 지원을 할 때마다 긴장이 되었다. 통역사가 따로 있음에도 가끔 나를 돌아보며 이것저것 물어보는 통에 잠시도 정신을 빼고 앉아 있을 수가 없었던 것이다. 그래도 다행인 건 위원장님도 눈치를 채신 건지 그 후 한 번도 '조'를 '달러'로 환산하라는 요청은 하지 않으셨다.

문학과 저널리즘의 차이는 저널리즘은 읽을 수 없고, 문학은 읽히지
않는다는 것이다. ─오스카 와일드

형평성의 원리

"이번 컨페드레이션컵을 맞아 외신 기자회견을 해야겠어요. 외신
기자 클럽에 공문을 돌리고 준비하세요."

어느덧 기자회견 준비에도 이력이 붙었다. 기자와 참가자의 수에
맞는 좌석 배치, 음료수와 마이크 준비, 외국 손님들도 같이 초빙한
경우를 대비한 이름표 준비 등 손이 많이 가는 잡다한 일까지도 완
벽하게 해내야 했다.

언젠가 한번은 외신 기자 클럽을 빌려 정몽준 위원장이 기자회견
을 하는 자리에서 마이크가 제대로 켜지지 않아 땀을 뺀 적도 있었
다. 물론 클럽 측의 실수이긴 했지만 그날의 기자회견 책임자가 나

였으니 그런 것마저도 세세하게 배려하지 못한 것에 대한 책임은 져야 했다.

양대 위원장의 회견장 입장과 기자들의 예기치 못한 질문에 대한 자료들도 잘 챙겨두어야 했다. 대부분의 기자들은 예측 가능한 질문을 던졌지만, 그래도 가끔씩 돌발적으로 통계 자료를 요구할 때가 있었다. 그럴 때는 당연히 위원장과 국장의 시선이 나를 향할 것이므로 그런 것들에 대한 준비도 철저해야 했다. 위원장이 둘이라는 점도 실무자가 겪어야 하는 고충 중 하나였다. 같은 직책의 두 사람을 더도 덜도 아닌 대등한 대접을 받게 해주어야 했기 때문이다.

FIFA의 블래터 회장이 참석하는 기자회견은 평소보다 많은 기자들로 북적거려 더욱 철저한 준비가 필요했다.

한번은 FIFA의 블래터 회장과 정몽준 부회장이 한국 월드컵 경기장을 시찰하고 돌아가면서 공항에서 기자회견을 열었다. VIP실을 빌려 내·외신 기자들이 기다리는 가운데 블래터 회장은 예정보다 30분 정도 늦게 도착했다.

사무실에 돌아가는 즉시 보도자료를 만들어야 하므로 나 또한 열심히 수첩을 들고 회견 내용을 받아 적어야 했다. 회견이 끝나갈 무렵 블래터 회장이 갑자기 내게로 걸어오더니 모든 기자들을 대신해서 자신의 선물을 받아달라며 FIFA 열쇠고리를 선물로 주었다. 내가 기자가 아니라 위원회 소속이라고 설명하려는 순간 정몽준 위원장과 눈이 마주쳤고, 정 위원장은 그냥 받아두라는 눈짓을 보냈다. 졸지에 월드컵 기념품이 하나 더 생긴 셈이었다.

또 한번은 파이낸스 빌딩에서 기자회견을 열었는데 그날은 두 위원장과 블래터 회장이 나란히 앉게 되었다. 외신 기자들의 질문이 이어질 때 예기치 못한 사태가 벌어졌다. 위원장은 둘인데 모두 FIFA 부회장인 정 위원장에게만 질문을 하는 것이었다. 우두커니 아무 질문도 받지 않고 있는 이연택 위원장의 얼굴이 좀 굳어 보였다.

나는 국장에게 다가가 어떻게 해야 하는지 물었으나 그에게도 별 뾰족한 수가 없어 보였다. 난 재빨리 질문의 흐름을 파악했다. 다음 몇 차례의 질문 중 하나는 일본 기자들에게서 받게 될 것 같았다. 난 심호흡을 하고 일본 통신사의 한 지국장에게 인사하며 다가갔다.

그리고 노트에 영어로 간단하게 "이 위원장께서 월드컵을 통한 한일 관계에 좀더 많은 배려를 하고 있으니 이 위원장에게 그런 질문을 해주시면 감사하겠습니다"라고 적어서 보였다. 지국장은 처음엔 무슨 말인가 싶어 나의 눈을 쳐다보다가 금세 눈치를 챘는지 알겠다는 신호를 보냈다.

이렇게 이 위원장을 향한 질문의 물꼬가 터지자 그 다음 질문들도 이 위원장에게 돌아갔다. 국장은 오케이 신호를 보내며 성공적인 기자회견의 모양새에 만족해했다. 어느덧 열 차례가 넘는 기자회견에 나도 슬슬 이력이 붙어가는 듯했다.

우리는 진실을 보도하는 것이 아니라 뉴스거리를 보도한다. ―린다 엘러비

너도 열심히 살아

"영어를 전공해서 영어 강사로 살던 사람이 신문의 스포츠 면에 실릴 거라고 생각해본 적 있으세요?"

후배 중 한 명이 〈스포츠조선〉에 실린 나에 관한 기사를 읽고 전화해서는 대뜸 이렇게 물었다.

월드컵 조직위원회에서 외신 홍보 대사 역할을 하다 보니 나는 외신뿐 아니라 내신 기자들과도 많이 만나게 되었다. 공무원이 아닌 평범한 여성이 외신과장을 하고 있다는 점을 이색적으로 여긴 축구 전문 기자들은 앞다투어 나에 대한 기사를 다루기 시작했다.

처음으로 신문의 스포츠 면에 소개된 나를 봤을 때는 몸둘 바를 모를 정도로 부끄러웠다. 그러나 그 후 몇 차례 이어진 신문 기사 및

인터뷰 내용을 접하면서부터는 서서히 익숙해져갔다. 〈스포츠조선〉 〈스포츠서울〉 〈문화일보〉 〈한겨레〉 등에 실린 기사와 사진들을 추억으로 스크랩해 보관하고 있었지만, 그러나 내심 그 이상의 도를 넘지 않아야겠다는 생각을 하게 되었고, 더 이상의 인터뷰 요청을 거절하기로 했다. 어떤 식으로든 얼굴이 알려져 공인이 된다는 것은 편한 일이 아니었고, 한 울타리 안에서 일하고 있는 사람 중 한 사람만 유난히 튀어 보이는 것도 다른 사람들에겐 사기 저하의 원인이 될 수도 있겠다는 생각이 들어서였다.

그러던 어느 날 한국 신문에 기삿거리를 제공하던 중 뜻하지 않게 걸려온 전화를 받게 되었다.

"안녕하세요. 전 〈도쿄신문〉 지국장입니다. 신문에 실린 기사들은 잘 보았습니다. 다름이 아니라 저희 도쿄 신문에서도 취재를 좀 하고 싶은데요. 저희 신문에 '이 사람'이라는 인물을 다루는 코너가 있습니다. 세계 각 분야에서 소신을 가지고 왕성한 활동을 벌이고 있는 인물들을 다루는 코너입니다. 한국에서 다뤄진 기사 정도의 지면이 할애되어 있습니다. 협조 부탁드립니다."

국내 신문도 아닌데 어떻겠냐는 주위의 권고를 받아들여 결국 취재에 응했다.

한 시간에 걸친 취재가 끝난 며칠 후, 나에 관한 기사가 실린 신문이 나온 날 〈도쿄신문〉의 기자 한 명이 내 자리로 직접 따끈따끈한 신문을 배달해주었다. 국내 일간지에 기사가 실렸을 때는 언제나 내가 직접 가판대에 나가 사보았던 것을, 내 자리까지 직접 가져다준 세심함이 '역시 일본인'이라는 감탄을 자아내게 했다.

기사의 첫 문장이 눈에 들어왔다.

"유창하지는 않지만 일본어도 조금은 합니다."

일본의 주요 일간지인 〈도쿄신문〉의 인물란에 기사가 실린 것은 국내 신문에 실렸던 것과는 또 다른 기분이었다.

기사로 다뤄졌던 부분은 전직 영어 강사였던 사람이 특이하게 월드컵 조직위원회의 외신과장을 맡고 있고 외국 기자들에게 월드컵 홍보의 창구 역할을 할 뿐만 아니라, 통역도 겸하고 있다는 내용이었다. 그리고 미국 유학 시절 일본인 친구들에게 일본어를 조금 배웠다는 사실도 빼놓지 않고 강조하고 있었다.

대학원 시절 일본인 친구들에게서 간단한 일본어 회화를 배우다가 한국에 돌아와 취미로 8개월 정도 배운 것이 이번 취재에 많은 도움이 되었다. 무엇이든 배워두면 쓸 데가 있는 법이다.

유창하든 그렇지 않든 간에 그 나라 말로 대화를 하는 것 자체가 호의와 친선의 표현일 수 있다. 내가 일본 월드컵 조직위원회 사람들과 업무와 관련해 비교적 원만한 관계를 맺을 수 있었던 이유도 그렇다. 가끔씩 내가 영어를 마다하고 서툰 일본어로 대화를 시도했던 것이 그들에게 친근함으로 다가갈 수 있었던 것이다.

하지만 말을 유창하게 한다고 해서 그 사람이 반드시 국제화된 마인드를 갖고 있다고 볼 수는 없다. '상대방의 언어'로 이야기하고 들어주면서, 자국의 문화만을 고집하지 않는 객관적인 자세를 가질 수 있을 때 비로소 우린 국제화되었다는 표현을 쓸 수 있다. 그러기 위해선 상대에 대한 편견이나 선입견을 버리고 '열린 대화'를 하기 위해 애써야 한다. 나의 이런 지론에 근거한 태도는 월드컵 내내 외신 기자들을 상대하는 동안 톡톡한 효과를 보았다.

〈도쿄신문〉에 기사가 나오고 나서 얼마 후, 일본에서 정치인이 되어 살고 있던 대학원 동창이 전화를 걸어왔다.

"소식 궁금했는데 신문에 너에 대한 기사가 나온 걸 보고 근황을 알게 되었어. 잘 지내는 것 같아 좋네."

"그래, 나도 네가 볼 줄 알았어. 나 열심히 살고 있으니까 너도 더욱 열심히 살아."

〈도쿄신문〉의 기사는 오래도록 잊었던 친구와의 인연을 다시 맺어주는 좋은 끈 역할도 해준 셈이었다.

정부 관료들은 문제 푸는 것을 좋아한다. 풀어야 할 문제가 없으면,

스스로 문제를 만들어낸다. ─조지 밴 발겐베르그

꽁치가 영어로 뭐지?

여자로서 남성 중심의 사회에서 승부 근성을 가지고 전문적인 일을 한다는 것은 쉬운 일이 아니다. 월드컵 조직위원회에서 일을 하면서 내게 가장 큰 난관으로 여겨졌던 것은 바로 관료주의 문화였다.

월드컵 조직위원회는 90퍼센트 이상이 공무원으로 구성된 조직이었다. 한국 사회 공무원들의 관료주의적 문화에 대해서는 사실 언론과 미디어를 통해서만 접해왔지, 내가 직접 관료 조직 안에서 일을 하게 되리라곤 상상해본 적이 없었다.

내가 말하는 조직의 관료주의란 조직 본래의 목적을 위해 인력과 장비를 효율적으로 관리하고 통제하는 사전적 의미로서의 제도가 아니다. 그것은 형식주의, 보수주의, 무사안일주의, 파벌주의가 혼합되어 있는 양상을 띤다. 서류 하나를 작성하더라도 내용보다는 형식에 치중하는 문화, 개인의 인격과 자아가 존중되지 않고 오로지 조직이 우선시되어 소외감을 불러일으키는 문화가 바로 그 예가 될 것이다.

언론사에서 취재 요청이 들어오면 나는 먼저 요청서를 요약해 홍보국장에게 보고했다. 보고를 받은 국장은 취재 가능성을 스스로 판단하여 양대 위원장 중 누가 취재에 응할 것인지를 판단한다. 물론 구체적으로 인터뷰 대상을 지명해온 요청서는 별 문제가 없다. 양대 위원장 중 어느 분이 할지가 결정되면, 우리는 인터뷰를 할 위원장과 상의하여 취재 일시 및 장소 등을 결정했다.

위에서 취재 스케줄이 결정되면 홍보국장은 다시 내게 통보를 해온다. 그러면 나는 해당 언론사에 연락하여 질문의 요지를 사전에 받아낸다. 도착한 질문의 요지를 가지고 나는 곧바로 예상 답변서를 만들었다. 시간이 허락되는 한에서 질문에 대한 대답을 내가 직접 작성하고, 너무 바쁜 경우에는 보도부장에게 자료를 요청해 약간 각색을 했다. 그리고 시간을 아끼기 위해 번역 요원에게 번역을 맡겼다.

외신의 취재 요청 한 건을 해결하는 데에도 이처럼 아래에서 위로, 다시 위에서 아래로 여러 단계를 거쳐야 했다. 동일한 방식의 취재일 경우에도 항상 나타나는 이와 같은 관행의 가장 큰 문제점은 언론사마다 매번 같은 질문을 하는 경우에도 매번 변형된 답변을 만들어내야 한다는 것이었다.

예를 들어 '월드컵 준비는 어떻게 되어가고 있습니까?' 라는 질문이 나온다고 치자. 그럼 결론은 '잘 되어가고 있다' 지만 어떻게 잘 되어가고 있는지에 대한 설명은 반드시 필요하다. 그런데 이 설명을 매번 다르게 해야 한다는 것이다.

국제 행사를 제대로 준비하기 위해서는 담당자들이 형식이나 이론보다는 행사의 내용이나 질에 심혈을 기울여야 한다. 관료적인 결재 방식으로는 낭비되는 시간이 너무 많았다. 그건 참으로 안타까운 일이었다. 때로는 작성한 답변서에 다음과 같은 지시가 적혀 돌아올 때도 허다했으니 말이다.

'ㅇ를 ㅁ으로 바꿀 것. 1, 2, 3을 1) 2) 3)으로 바꿀 것. A, B, C를 a, b, c로 바꿀 것.'

이것은 이 조직이 정한 나름대로의 정형화된 서류 작성 방식이었다. 기존의 서류 작성 양식에 조금이라도 변화를 주면 그들은 그것을 인정하기 어려워했다. '항상 하던 방식으로 어제처럼 하자' 는 태도가 그들을 안전하게 해준다고 믿는 것 같았다. 더 효율적으로 일할 수 있는 시간을 형식에 얽매이는 것으로 소모하는 것은 아까운 일임에 틀림없었다.

그래서 나는 몇 번이고 질문의 요지와 답변 작성의 과정을 축소, 혹은 폐기해보자고 요청했지만 그 요구는 받아들여지지 않았다. 내가 조직을 그만두는 순간까지도 나는 답변서 작성 때문에 골머리를 앓아야 했다.

때로는 영어를 잘 하는데 뭐가 문제냐, 글을 직업적으로 쓰는 사람이 그 정도가 뭐가 문제냐라는 질문을 받을 때도 있었다. 그러나 창의적인 글쓰기와 제도적이고 형식적인 글쓰기 사이의 간격은 너무 컸다. 이렇게 작성된 질문과 답변은 실제 취재 때 전혀 도움이 되지 못하고 버려지는 경우가 많았고, 용케 답변으로 채택되어 쓰이면 그나마 다행이었다.

물론 위원장들은 워낙 많은 일을 해야 했기에 일일이 답변을 만들거나 미리 생각할 시간적 여유를 가질 수조차 없을 때가 많았다. 그리고 그들은 누군가가 자신들에게 던져질 거듭되는 질문의 답변을 준비하기 위해 하루 중 적지 않은 시간을 투자하고 있다는 사실을 알지도 못했다. 요컨대 형식적인 예우나 체면치레를 위해 우리는 하지 않아도 될 일에 너무 많은 에너지를 낭비하고 있었다는 것이다. 이것은 국가적 차원의 낭비임에 틀림없다.

2001년 6월 대구에서 열린 컨페드레이션컵 이후부터는 월드컵에 대한 세계 언론의 관심이 더욱 뜨거워지기 시작했다. 외신 취재 요청이 많아질수록 우리의 업무량은 폭주했다. 개인적으로는 달가운 일이 아니었지만 국가 홍보 차원에서는 뜻 깊은 일이었기에 정신없이 일에 파묻혀 지내고 있었다.

그러던 중 하버드 대학 교환학생으로 몸담고 있던 베테랑급 신문 기자들로부터 정몽준 위원장을 인터뷰하자는 요청이 들어왔다. 인터뷰 요청은 별 문제 없이 받아들여졌다.

정위원장은 FIFA 부회장, 대한축구협회 회장, 그리고 월드컵 조직위 공동 위원장을 겸하고 있었기 때문에 간혹 축구협회의 몇몇 간부들이 함께 배석하는 경우가 있었다. 그날도 마찬가지로 축구협회 측에서 두 명이 배석하고 조직위원회 측에서는 네 명이 배석을 했으니, 여섯 명의 기자들까지 치면 상당히 많은 인원이 자리를 잡은 셈이었다.

원형 테이블에 둘러앉으려니 자리가 모자라 서열상 가장 낮은 직급인 나와 축구협회 쪽 직원 한 명이 뒤쪽 좌석에 물러나 앉게 되었다. 여섯 명의 기자 중 한 명은 일본 신문사 소속의 일본인 기자였는데 취재가 끝나갈 무렵 손을 들어 한일 관계와 월드컵에 대한 질문을 해왔다. 한일 관계에 대한 질문은 외신 기자들이 가장 많이 하는 질문들 중 하나이다.

역사적으로 뼈아픈 과거가 있었으니 세계 언론은 당연히 과연 양국이 월드컵을 성공적으로 치를 수 있을지에 대해 의문을 갖고 있었다. 월드컵 조직위원회에 몸담기 전에는 나도 스포츠는 스포츠일 뿐이라는 단순한 생각을 했었지만 그건 어리석고 우매한 생각이었다.

월드컵은 세계인들의 교류의 장일 뿐 아니라 자국을 세계에 알리는 최고의 축제이다. 한일 월드컵의 경우, 언제나 북한의 월드컵 참여 가능성이나 한일 관계에 대한 질문이 나온다는 것은 세계 언론의 관심이 좀더 국제적 차원의 것임을 보여주는 것이었다.

정 위원장은 침착하고 세련되게 당시 한일 관계를 악화시켰던, 일본 외상이 러시아에 한국 꽁치 조업 중지를 요청했던 사건에 대해 말문을 열었다. 정 위원장은 외국 유학파였기 때문에 통역이 배석해 있더라도 언제나 영어로 취재에 응하고 그러다가 막히는 부분이 있으면 통역의 도움을 받곤 했다.

꽁치 사건에 대한 얘기를 'Fishing Dispute(어업 분쟁)'라고 설명하는 것만으로 성에 안 찼는지 통역에게 질문을 해왔다.

"꽁치가 영어로 뭐지?"

그러자 통역은 어쩔 줄 몰라하는 표정으로 정 위원장의 귓가에 대고 소곤거렸다.

"잘… 모르겠는데요."

정 위원장은 약간 당황한 기색이었다. 그러자 이번엔 방에 앉은 다른 사람들을 돌아보며 물었다.

"꽁치가 영어로 뭐지요?"

아무도 답변을 못하고 전전긍긍하고 있을 때 홍보국장이 나를 돌아보며 물었다.

"이 과장, 꽁치가 영어로 뭐지?"

나 역시 "저도 모르겠습니다"라고 대답하면서 고개를 떨궜다.

일식을 워낙 좋아하는 나로선 회나 초밥으로 먹을 수 있는 웬만한 생선들의 이름은 다 익히고 있었다. 연어는 salmon, 송어는 trout, 참치는 tuna, 광어는 flatfish, 고등어는 mackere 등등.

하지만 꽁치회를 먹어본 적이 없어서였는지 꽁치라는 단어를 영어로 생각해본 적도 없었던 것이다(이것만으로 무지에 대한 충분한 변명은 안 되겠지만!).

이가 없으면 잇몸으로 먹는다고 그 상태로 취재가 진행되었지만 그렇다고 일이 끝난 것은 아니었다. 국장이 돌아보더니 꽁치도 영어로 모르냐는 듯한 야릇한 표정을 지으며 속삭였다.

"나가서 얼른 사전 찾아보고 알아와요."

나는 뒷자리에서 조용히 일어나 비서실로 나갔다.

여비서에게 컴퓨터를 잠깐만 사용하겠다고 양해를 구하고 전자 사전을 찾아 '꽁치'라는 단어를 쳐넣었다. 's-a-u-r-y(써리)'라는 단어였다. 이리 보고 저리 보아도 처음 접하는 단어임을 확인하고 다시 접견실로 들어가자 취재는 거의 끝나가고 있었다.

정 위원장이 취재를 마무리하며 기자들과 악수를 하는 틈을 타 국장에게 귓속말로 보고했다.

"saury라고 하는데요."

국장이 정 위원장에게 보고를 하려고 다가가자 축구협회 부회장이 "꽁치가 영어로 '쏘리' 아닌가?"라고 꽁치 얘기를 다시 시작했다.

그러자 국장은 "맞습니다. '쏘리'라고 합니다. 이 과장이 찾아보고 왔습니다"라고 맞장구를 쳤다.

"'쏘리'가 아니라 '써리'인데요."

전직 선생의 기질이 발동한 탓인지 난 나도 모르게 잘못된 발음을 정정해주었다.

"그래, 꽁치가 saury였군."

정 위원장은 나나 통역사가 무안하지 않도록 배려해서인지 별일 아니라는 듯 받아넘겼다.

그날의 귓속말 꽁치 릴레이 사건은 지금도 'saury'라는 단어와 함께 웃음을 자아낸다.

덕분에 나도 한 단어를 배웠으니 손해본 건 아니었다. 하지만 난 그렇게 릴레이를 하며 위원장에게로 전달된 꽁치란 단어가 공무원들만큼이나 안쓰러웠다. 단어 하나도 직접 전달할 수 없고 그렇게 긴 줄을 서서 차례로 전달해야 했던 장면이야말로 관료주의의 표상이 아닌가.

꽁치 사건은 내게 웃기면서도 씁쓸한 기억으로 남게 되었다.

바빠서 자신의 건강을 돌보지 못하는 사람은 바빠서 연장을 돌보지
못하는 기술자와 같다. —스페인 속담

제주도의 슬픔

"세상에 너처럼 일복이 많은 사람도 드물 거야."

이 말은 사실 누구에게서나 듣는 소리였다. 나는 일을 시작하고
나서 하나의 여권에 도장을 다 찍고 또 다른 여권을 만들어야 했을
만큼 이곳저곳을 많이 돌아다녔다. 그러니 손바닥에 본드라도 붙여
놓은 듯 일거리가 손에서 떠나질 않았다.

철이 좀 덜 들었던 시절에는 집을 떠난다는 것만으로도 신이 나
출장 가는 것을 좋아했던 적도 있었다. 하지만 언젠가부터는 출장길
에 오르면 마음이 자꾸 집을 향하곤 했다. 잘 때 말고는 절대 바닥에
몸을 뉘어본 적 없었던 삶, 그러나 어느 순간 습관적으로 소파에 기

대게 되고, 종종 눕고만 싶어질 때가 생기기도 했다.

'나이를 먹는다는 게 이런 걸까? 아니면 지쳤기 때문일까?'

그런 생각을 하면서 난 몸을 좀 쉬게 해야 할 때가 왔음을 직감했다. 하지만 살면서 포기라는 것을 해본 적이 없던 난 미련하게 몸과 마음을 혹사시키며 계속 앞을 향해 발걸음을 재촉하고 있었다.

"이 과장, 이번 영국 텔레비전 취재가 제주도에서 있잖아, 난 못 가니까 이 과장이 다녀와야겠는데?"

정 위원장에 대한 또 한번의 취재가 이번엔 제주도에서 잡혀 있다고 했다. 1박 2일의 짧은 출장이라는 게 그나마 한시름 놓이기는 했다. 게다가 총장보와 김 담당관이 함께 간다고 하니 큰 힘이 되었다. 줄곧 혼자서 다니던 출장이었건만 이번 여행만큼은 왠지 혼자 감당할 자신이 없었던 것이다.

제주도에는 다섯 번째 가는 것이었다. 하지만 8월 한여름에 가보긴 처음이었다. 남들 다 좋다는 제주도이지만 난 제주도의 기후와는 별로 안 맞았다. 그곳의 습도 때문인지 다녀온 후엔 줄곧 감기에 걸리곤 했던 것이다.

도착한 다음날 새벽, 영국의 취재단은 조기 축구에 참여하는 정몽준 위원장과 영국의 유명한 개그맨 겸 사회자의 축구 시합을 취재하면서 한국의 축구 열기를 보도한다고 했다.

정 위원장과 총장보는 경기장에서 가까운 호텔에 투숙했지만, 천지연 폭포가 있는 근처의 여관에 여장을 푼 김 담당관과 나, 그리고 사진 기자는 숙소가 경기장에서 제법 멀리 떨어져 있었기 때문에 다음날 새벽 다섯 시경에는 자리에서 일어나야 했다.

낯선 여관에서 혼자 자는 기분이 개운치 않아서였을까, 나는 밤새 몸을 뒤척였다. 밤새 주룩주룩 비까지 내렸다. 이러다간 조기 축구가 취소될 것만 같았다. 약간의 오한과 미열 때문에 다음날 일어날 수 있을지 걱정이었다.

그래도 아침은 오고 경기는 시작되었다. 빗줄기가 제법 굵어졌건만 예정대로 경기가 진행되었다. 거의 소나기에 가까운 비를 맞으며 공을 차는 사람들, 카메라를 들이대는 사람들, 구경을 하는 사람들, 여기저기 말처럼 뛰어다니는 사람들 모두 비를 맞았다.

두 시간 넘게 계속된 촬영이 끝난 후 우리는 벤치에 모여 앉았다. 별로 지친 기색도 없이 정 위원장은 영국 텔레비전과의 인터뷰를 계속했다. 그러면서 조기 축구에 참여했던 사람들에게 서울에서 내려온 몇몇 직원들과 관계자를 직접 소개하겠다고 나섰다.

"이지연 과장, 이리 와요. 여러분, 영어 잘하는 이지연 통역과장입니다."

나의 정확한 직위는 기억하지 못했지만 이름은 정확히 기억하고 있었다.

누군가에게 이지연이란 이름으로 기억되는 건 기분 좋은 일이다. 난 살면서 누구누구 엄마, 누구누구 부인보다는 이지연이란 이름으로 남겨지고 싶었고, 그런 의미에서 어느 정도 성공을 한 셈이었다.

경기가 끝나고 비행기 시간에 맞춰 짐을 꾸릴 때 즈음이 되어서야 빗줄기가 약해지기 시작했다. 그리고 새벽부터 취재를 한 탓에 하루가 더욱 길게 느껴졌다. 그날 사무실에 돌아온 나는 닷새 동안 휴가를 얻었다.

그 길로 양평에 사는 작은언니네 집으로 가 사흘 동안 요양하는 셈치고 푹 쉬었다. 전원주택을 짓고 마당에 고추, 감자, 수박 등을 가꾸며 제법 사는 재미를 솔솔 풍기는 언니네 집에서 나는 황금 같은 휴가 내내 잠만 잤다.

"너 많이 지쳤나 보다. 어쩜 그렇게 맥을 못 추니? 병원이라도 한 번 가봐야 하는 거 아니야?"

말이 씨가 된다고 했던가. 나는 휴가를 마치고 사무실로 돌아와 심한 감기 몸살을 앓았다. 그리고 일주일도 안 돼 사무실에서 시름 시름 앓다가 동료의 부축을 받아 병원으로 옮겨졌다.

"만성 피로 증후군과 만성 인후염이 겹쳤습니다."

미국 유학을 접게 만든 만성 피로 증후군이 다시 날 찾아왔다. 오기 하나로 세상을 버티던 내가 드디어 쓰러졌다. 몸살이나 고열에 시달린 적은 무수히 많았지만 이렇게 병원 신세를 질 정도로 무너져 버린 건 처음이었다.

"이젠 너도 나이 좀 생각해라. 이십대가 아니잖니."

"일 욕심 적당히 부리고 이제 네 인생도 좀 추스려봐."

주위의 걱정대로 몸을 추스르지 못한 채 한 달간의 병가를 냈다. 한 달 동안 마음 놓고 앓았던 것 같다. 집에서 그 동안 못 읽은 책도 읽고 모처럼 엄마 노릇도 하고 밀렸던 잠도 원없이 자고 한국에 돌아온 후 지난 3년간을 정리할 시간도 가질 수 있었다.

한국에 돌아온 후 적응이 안 돼 괴로웠던 시기가 있었다. 원래 역문화 충격이 더 크다는 얘기는 들었지만 다시 돌아온 내게 한국은 더없이 혼란스러웠다. IMF 경제 위기가 끝날 무렵 귀국해서 서울의 침침한 분위기에 주눅이 들어버린 것이다. 강의한다는 것, 학생들을 가르친다는 것에 자긍심을 가졌기에 그것이 대학이든 학원이든 개의치 않던 내게, '유명 강사는 곧 돈방석'이라는 사고방식을 가진 학원가 사람들을 접하며 심한 회의를 느꼈다.

그리고 월드컵 조직위원회에서는 한국의 토양에 깊숙이 뿌리 내린 관료주의 문화, 변화를 거부하고 안정을 선택한 보통 사람들과 어울리며 내가 남들과 참 다른 사고방식을 가진 사람이라는 것에 혼돈을 느꼈다. 그 혼돈은 결국 만성적인 육체의 병으로 귀결되었다. 그래서였는지 좀처럼 피로가 풀리지 않았고, 한 달이 다 가도록 직장에 복귀할 정도의 기력이 회복되지 않았다.

"저, 사표 내러 왔습니다."

2001년 10월 어느 날, 난 사표를 들고 사무실을 찾아갔다.

"월드컵이 얼마 안 남았는데 그러면 어떻게 합니까. 웬만하면 한 달 정도 더 쉬다가 도로 나오세요."

"아닙니다. 깊이 생각해보았습니다. 지금 상태로는 월드컵을 치를 자신이 없습니다. 끝까지 마무리하지 못하고 떠나게 되어 죄송합니다."

난 세상에 태어나 어떤 일을 마무리하지 못하고 중도에 포기한 경험이 딱 두 번 있다. 그 첫 번째는 결혼 생활이고 두 번째가 월드컵이었다. 그래도 못 마친 일보다는 끝마친 일이 더 많다는 것으로 스스로를 위로하기로 했다.

떠나는 건 생각만큼 복잡하지 않았다. 짐을 옮기던 날 전 부서에 들러 인사를 했다. 끝까지 함께하지 못하는 것에 대해 못내 아쉬워하는 사람들에게 미안한 마음이 앞섰다.

그 후 두 달 반 정도 휴양하는 동안 내가 했던 유일한 일은 아침에 하는 3분짜리 방송이 전부였다. 게임 페이스를 되찾기 위해, 더욱 멀리 뛰기 위해 나는 웅크리고 있었다.

참으로 이상했던 것은 월드컵 조직위원회의 외신과장 자리가 마치 계속 나를 기다리고 있기라도 한 듯 월드컵이 끝날 때까지도 비어 있었다는 사실이다. 국장은 외국어에 능통해 외국 기자들과 커뮤니케이션이 원활하고 순발력이 있는 사람을 원했지만 끝내 그런 사람을 찾을 수 없었다고 했다. 결국 난 월드컵 조직위원회의 첫 외신과장인 동시에 마지막 외신과장이 되었다.

그해 12월 건강이 좀 나아졌을 때 나는 로이터 통신으로부터 부산에서 열리는 월드컵 조 추첨 행사에 참여해달라는 연락을 받았다. 월드컵 조직위원회에서도 여전히 돌아올 것을 권유하고 있을 때였다. 무리하게 일하는 것은 아직 이르다는 판단에서 난 로이터 통신의 일원이 되어 3박 4일 일정으로 부산에 내려갔다.

이제는 초대하는 입장이 아니라 초대 받는 입장이었다. 복도에서 이 위원장과 부딪쳤을 때 로이터 통신 쪽 일을 돕고 있다고 설명했더니 그는 그러지 말고 조직위원회로 다시 돌아오라고 권유했다.

"제가 아직 그럴 만큼 건강이 회복되지 않아서요. 죄송합니다."

　나를 아껴주던 많은 사람들을 다시 만났던 그해 12월, 서울로 올라오는 비행기 안에서 나는 결심했다. 건강이 회복되면 어떤 형태로든 월드컵의 끝은 봐야겠다고 말이다.

자신이 하는 일을 사랑하고 중요한 것이 무엇인지 생각하라. 이보다 더

재미있는 것이 무엇이겠는가. —캐서린 그래햄

이지연의 영어 한마디

봄빛 따사롭던 어느 오후, SBS의 라디오 방송 PD라는 분의 전화를 받았다.

"매일 아침 저희 프로그램의 생방송 영어 강좌를 맡아줄 사람을 찾고 있습니다."

그 당시는 월드컵이 1년 넘게 남은 시점이었다. 오전 7시 42분 방송이라 근무 시간과도 겹치지 않으니 대뜸 하겠다고 나섰다. 이번에도 주위에서 웬 일 욕심이 그리 많냐고 한 마디씩 건넸다. 체력이 약한데 너무 많은 일을 하는 거 아니냐는 엄마의 걱정엔 나 역시 신경이 쓰였다.

"돈이 아무리 많아도 건강을 잃고 나선 소용없다. 너처럼 악착같이 일에 집착하는 것도 보기 안 좋아. 특히 여자가 그러면 사는 게 점점 힘들어지는 거야."

나는 그래도 내게 찾아온 일이니 내 일로 받아들이기로 했다. 백 명도 넘는 학생들 앞에서 두 시간씩 쉬지 않고 강의를 하는 것도 신났지만, 라디오 방송에도 나름대로 묘미가 있었다. 그 맛에 도취해 LA에서 5년 동안 라디오 방송을 한 적도 있지 않은가.

"오늘 날씨를 영어로 좀 표현해주세요."

SBS 라디오 〈이숙영의 파워 FM〉에서 1년간 '이지연의 영어 한마디'란 코너를 진행할 때 이숙영 씨가 가장 자주 던졌던 질문이다.

It's raining outside, so don't forget to bring your umbrella when you go out (밖에 비가 오니 외출할 땐 우산을 잊지 마세요).

It's a picture perfect day(환상적인 날씨군요).

It's expected to clear up soon(곧 날씨가 갤 겁니다).

숙영 언니와 이영일 PD가 3분밖에 안 되는 영어 코너를 생방송으로 고집하는 이유가 바로 여기에 있었다. 그날 그날의 날씨나 사건을 영어로 표현하는 법을 가르쳐줌으로써 청취자들에게 3분밖에 안 되는 방송에도 최선을 다하고 있다는 걸 보여주는 것이다. 나는 그런 프로 정신이 좋아서 방송 시간은 비록 3분에 불과했지만 기쁜 마음으로 평소보다 한 시간 반씩 일찍 일어나 여의도로 향했다.

청취자가 듣기에는 그냥 영어 한마디를 가르치기 위해 두서없이 떠들어대는 것 같지만 사실 나의 방송 시간 3분은 철저히 준비된 시간이었다. 그 중 내가 제일 좋아한 시간은 앞의 1분이었다.

방송을 시작하면서 나와 숙영 언니는 여자들만의 수다를 시작했다. 어제는 뭘 했는지, 주말 계획은 무엇인지, 무슨 음식을 좋아하는지, 영화는 뭘 봤는지 등등. 영어를 가르치러 나와서 왜 그런 잡담으로 시작할까 의아해할지 모르지만 그것은 그냥 수다가 아니었다.

나는 이른 아침마다 택시를 타고 방송국을 향해 가면서 그날의 영자 신문을 뒤적이며 오늘의 영어 표현과 연관지을 수 있는 사건이나 스토리가 없는지 먼저 살폈다. 별로 신통한 기삿거리가 눈에 띄지 않으면 방송국에 도착하자마자 컴퓨터 앞에 앉아 웹 서핑을 하며 기사를 찾았다. 그리고 생방송이 시작되면 수다 떠는 시간을 최대한 활용해 그날 배울 영어 표현이 머리에 쏙 들어가게 해주는 것이 나만의 3분 활용법이었다.

9·11 테러가 있던 다음날은 영어 방송을 시작한 이래 가장 잊을 수 없는 날이었다.

그날은 마침 하루 휴가를 얻어 미리 방송을 녹화해놓고 청평에 가서 쉬고 있었다. 친구들과 둘러앉아 커피를 마시고 있는데 텔레비전에서 미국의 심장부 무역센터 건물에 비행기가 충돌하는 장면이 속보로 나왔다.

뉴스 속보에서는 아직 충돌 이유가 밝혀지지 않았다고 전했지만 미국에서 살다 온 친구들은 입을 모아 "테러다!"라고 외쳤다. 직감적으로 알 수 있었던 것이다. 뉴욕에 사는 친지들은 무사한지, 전쟁이 발발하진 않을지, 이런저런 걱정을 하며 모두들 뜬눈으로 밤을 지새웠다.

  그렇게 아침이 밝아 새벽 5시 30분쯤 되었을까, 내게 음성 메시지가 날라들었다. 〈이숙영의 파워 FM〉 작가였다. 녹음해둔 방송을 내보내려고 했는데 9·11 사건이 터졌으니 전화로 연결해서 CNN 방송에서 속보로 내보내는 내용을 간단하게 다뤄달라는 내용이었다. 그 당시 CNN은 동시 통역으로 방송되고 있기는 했지만, 이런 큰 사건을 모르는 척 '이지연의 영어 한마디'를 진행할 수는 없다는 판단이었던 것 같다.

  함께 여행 중이던 친구 제니퍼, 레슬리, 조엔 등이 잠을 청하기 시작한 시간부터 난 계획에 없던 CNN 받아쓰기를 시작했다. 호텔 방에 있는 텔레비전은 음질이 떨어져 영어가 제대로 들리지 않았다. 각 방송사마다 같은 내용을 다루었기 때문에 채널을 바꿔가며 핵심이 되는 문장과 단어들을 메모해두었다.

  문제는 3분 동안 이 많은 내용을 어떻게 다루는가 하는 것이었다. 타이틀을 영어로 뽑고 사건을 한 문장으로 요약했다. 그리고 간단한 설명 방법을 생각해두었다. 방송 시작하기 3분 전인 7시 39분에 방송국 스튜디오로 전화를 걸었지만 통화중이었다. 몇 번을 시도하다가 연결이 되지 않아 이영일 PD와 작가의 휴대폰으로 전화를 걸었지만 역시 받지 않았다.

  순간 전화 연결이 안 돼 방송 사고를 낼지도 모른다는 불길한 생각이 들었다. 가슴이 두근거렸다.

  결국 내가 맡은 3분의 방송 시간은 그냥 지나가버렸고, 순간 왜 하필 이런 날 휴가를 내자고 했는지 곤히 잠들어 있는 친구들이 원망스럽기까지 했다. 방송국 사람들과 전화가 연결된 건 8시나 되어서였다.

"이지연이에요. 계속 전화를 했는데 연결이 안 돼서……."

"아, 미안합니다. 오늘은 이지연 씨 영어 코너 대신 뉴욕 현지를 연결하느라고 정신이 없었어요."

밤을 샌 탓일까, 긴장이 풀렸던 탓일까, 코끝이 찡해지더니 눈꺼풀이 내려앉기 시작했다.

"오늘은 3분이 아니라 세 시간의 전쟁을 했구나."

사람들은 한 달 동안의 월드컵을 위해 3년 이상 전쟁을 치르고, 난 3분의 방송을 위해 세 시간 동안 전쟁을 치렀다. 순간순간을 치열하게 살아가는 사람들에게 9·11 테러는 난데없는 벼락이었다.

매우 발달한 기술은 마술과도 같다. ―아더 클라크

새로운 특명! 텔레컨퍼런스와 소리 없는 전쟁

건강이 어느 정도 회복된 1월 초부터 새 직장에 출근하기 시작했다. 처음 석 달 동안은 하루 네 시간씩 근무하다가 4월부터 풀타임으로 바꾼다는 조건으로 서서히 워밍업을 해나가기로 했다.

전 직장에서 주로 하던 일이 외국 기자들을 상대로 한국에 대한 정보를 제공하고 월드컵 홍보 창구 역할을 하는 것이었다면, 이번 로이터 통신에서의 일은 한국의 월드컵 코디네이터로 일하면서 영국 본사와 일본 및 싱가폴을 포함한 아시아 지국과 함께 월드컵에 대한 전반적인 준비를 기획하고 진행해나가는 일이었다. 활동성보다는 계획성을 더 필요로 하는 직책이었다.

나는 워싱턴 지국의 래리 루빈스타인 부장과 한 조가 되어 일하게
되었다. 한국과 일본의 공동 월드컵이다 보니 한 달간 두 나라를 오
가며 취재할 수 있도록 준비하는 것은 만만치 않은 일이었다.

조직위원회 내부에 있을 때에는 보이지 않던 문제점들이 밖에서
들여다보니 서서히 드러나기 시작했다. 월드컵의 주최자로서 조정
을 하는 일과 참여자로서 조정을 하는 일은 본질적으론 같은 일이라
도 준비해야 하는 분야나 과정은 서로 달랐다.

나는 먼저 일주일에 두 번씩 텔레컨퍼런스(멀리 떨어져 있는 사람들
과의 전화 · 텔레비전 등을 이용한 회의)에 참여하여 한국의 준비 과정
을 브리핑하는 일부터 시작했다. 적게는 너덧 명에서 많게는 열 명
이 넘는 인원이 동시에 회의에 참석하여 자신이 맡은 분야에 대한
진행 정도를 설명해야 했는데 물론 기본 언어는 영어였다.

미국식 영어에 더 익숙한 내게 한 시간씩 영국식 영어로 진행되는
회의가 처음엔 좀 어색해서 적응이 되지 않았지만, 한 달 정도 지나
자 회의 참석자의 악센트에 익숙해질 수 있었다.

미국식 영어가 자연스러움을 생명으로 한다면 영국식 영어는 말
중간중간에 들어가는 특이한 악센트로 인해서 좀더 품위 있게 느껴
졌다. 아직도 여왕이 있고 왕자가 있는 나라이기 때문인지 경어나
겸손한 표현도 더 많아 보였다.

회의에서 결정된 사항에 대해, 그리고 다음에 취해야 할 조치들에
대해 동료들과 수시로 상의했고, 그러다 보니 오후에 내 자리로 돌
아가면 수십 통이 넘는 이메일이 나를 기다리고 있곤 했다. 외신과

172

장으로 근무할 때도 이메일은 수도 없이 받았지만, 그때는 손님을 접대하는 주인의 입장에서 받은 메일이었고 이제는 같은 울타리 안의 가족끼리 주고받는 메일이었다. 그래서 함께 일한 지 얼마 되지 않았을 때였음에도 불구하고 동료들과 쉽게 유대감을 형성할 수 있었다.

월드컵 조직위원회에서처럼 각 부서에서 파견 나온 공무원들과 함께 일할 때와는 사뭇 다른 느낌이었다. 사실 조직위의 구성원들은 월드컵을 치르고 다시금 자신의 본래 자리로 돌아가면 그만이어서인지, 그들에게선 일에 대한 열정을 찾아보기가 어려웠다.

아무튼 4개월 만에 외국 기업에서 다시 시작한 월드컵 일은 그 전보다 훨씬 체계적이고 원활하게 돌아갔다. 지국장과 래리 국장은 내가 책임지고 있는 일에 대해 전적인 권한을 주었고, 그 덕분에 난 더욱더 강한 사명감을 갖고 일을 추진해나갈 수 있었다.

외국계 통신사에서는 여자나 외국인이라도 능력만 있으면 상관없었다. 어차피 프로로 인정받고 주어진 업무였기에 그 자리에서 내 역할만 소화해내면 되었다. 나는 서서히 그 조직에서 숨통이 트이는 기분이었다. 작아져버린 옷을 억지로 껴입고 있는 것 같던 느낌이 사라졌고, 내가 하는 일에 대해 존중받으며 월드컵을 준비할 수 있었다.

월드컵까지 6개월 동안 주고받은 이메일만도 몇천 통이 되었고 텔레컨퍼런스도 수없이 진행되었다. 150명 남짓 되는 인원이 월드컵을 위해 한국과 일본을 오가며 취재를 하고 사진을 찍고 장비를 점검하는 등 분주하게 움직였으나, 세계 최고의 기업답게 어느 누구도 자기가 맡은 일을 남에게 전가하는 일은 없었다. 프로들과 함께 일함으로써 잃어가던 내 안의 열정이 다시 한번 되살아 움직이기 시작했다.

그래도 일을 완벽하게 처리하는 과정에서 약간의 마찰은 불가피했다. 하지만 이미 그 전해의 경험은 나를 더 이상 흔들리지 않게 해주었다.

'이제부터는 내가 존중받을 수 있는 장소에서 나를 존중하는 사람과 일할 것이다. 어떤 일이 있어도 나의 가치를 인정하지 않는 사람들에게 이용당하며 살지는 않을 것이다.'

나는 이런 결심을 하며 월드컵을 마친 다음의 내 모습에 대한 청사진까지 준비해갈 수 있었다.

모든 직업은 그 일을 하는 사람의 자화상이다. —작자 미상

통역의 달인

내가 하는 통역은 그저 보통 수준에 지나지 않는 데 비해, 전문 통역인들은 정말 토씨 하나 빠뜨리지 않고 사람의 말을 그대로 옮긴다. 어떤 때 그들을 보고 있으면 꼭 앵무새 같다는 생각이 들 정도로 통역의 달인들은 한마디도 틀리지 않게 그대로 통역을 한다.

그 중 몇몇 통역인들은 진짜 언어의 마술사처럼 영어를 한국어로, 한국어를 영어로 자유자재로 구사한다. 나이도 어린데다가 외국 경험도 별로 없는 통역사들이 말을 술술 풀어내는 모습을 보면 정말로 그들이 언어의 천재들이란 생각이 들 때가 있다. 특히 여자로서 이보다 더 전문성 있는 일 또 있을까 싶을 정도로 통역의 달인들은 그 전문성을 인정받고 있다.

그런데 여성이 전문성을 갖고 있다고 하더라도 능력을 인정해주지 않는 문화를 가진 조직 속에서 일을 하게 된다면, 그런 사람은 자신의 능력에 맞는 대접을 받지 못하고 지내야 할지도 모른다. 내가 잠시 몸담았던 월드컵 조직위원회의 공무원들도 여성 전문 인력의 능력에 대해 제대로 인정해주지 않는 분위기였다. 가끔은 나이 어린 여성이 자기보다 더 높은 연봉을 받는 것에 대해 못마땅하게 여기는 공무원들과 마주칠 때도 있었다. 그럴 때는 그들의 닫혀 있는 마음의 문을 열어줄 방법은 없는지 곰곰이 생각해보기도 했다.

그들은 별로 하는 일도 없으면서 고액을 받는 것이 통역사가 누리는 특혜인 양 투덜거리지만 함께 해외 출장이라도 가게 되면 그 역할이 얼마나 빛나며 때론 고달프고 힘든 일인가를 알 수 있다.

특히 FIFA에서 개최하는 국제 회의에서는 전 세계 사람들이 영어라는 공용어로 이야기하기 때문에 악센트와 발음이 저마다 다르다. 통역 부스 안에서 그들의 말을 하나도 놓치지 않고 다 알아듣는 것은 진정한 통역의 달인만이 할 수 있는 일인 것이다.

물론 실전에 몰입하다 보면, 어떤 통역원들은 가끔씩 통역해야 할 몇 마디를 놓쳐서 생략한 채로 다음 표현으로 넘어가기도 한다. 중요한 내용이 없는 부분이라면 그래도 되겠지만, 사실 통역은 사람이 하는 말의 어감까지도 정확히 복사해서 전달해야 하는 것이기 때문에 위험 요소가 많은 직업이다. 어떤 때는 저녁 늦게 열리는 피로연에서 통역을 맡아야 하기도 하고 해외 출장을 밥 먹듯이 가야 할 때도 많기 때문에 통역사는 결혼한 여성이 한국적인 가정 생활을 꾸려 나가며 하기에는 부적합한 직업일지도 모른다.

그런데도 내가 아는 통역사 J는 어떤 출장도 마다 않고 어떤 힘든 자리라도 책임을 떠맡는다. 그의 나이가 이제 이십대 후반이라는 점을 고려해보면 정말 당찬 여성이라는 생각이 든다. 그녀 자신이 통역을 잘할 뿐만 아니라, 결혼한 후에도 전문성을 유지해나가려면 정말 남편의 철저한 도움이 있어야 하는데, 그녀는 그런 면에서 확실하게 좋은 남편을 만난 셈이다. 전문 분야에서 진정으로 성공하고 싶은 여성이라면 이렇게 남편의 외조를 받는 것이 가장 중요한 요건임을 잊지 말아야 한다.

블래터 회장과 정 위원장의 통역을 줄곧 맡아온 J의 노련함과 자기 직업에 대한 열정을 보면 정말 멋있는 여자라는 찬사가 저절로 흘러나오곤 한다. 어떤 일에서건 진정한 고수를 만난다는 것은 기분 좋은 일이다. 특히 당차고 단단한 여성을 만나게 되면 또 한 명의 동지를 만난 것 같아 더욱 기분이 좋다.

하지만 통역이라는 직업이 언제나 이렇게 대접을 받는 것은 아니다. 회의 통역이 아닌 일반 관광 통역을 할 때에는 일종의 서비스 정신을 갖고 있지 않으면 안 된다.

로이터 통신사에서 일할 때였다. 월드컵 기간 중 기자들을 인솔하고 안내해줄 통역 아르바이트생을 모집한 적이 있다. 회의나 세미나 등 전문 통역사가 하는 일보다는 실전에서 기자들과 함께 움직이고 행동하며 호흡을 같이 해야 하는 가이드 역할이 큰 일이었기 때문에 우리는 통역 대학원 출신이 아닌 비전문인 가운데 능력 있어 보이는 사람들을 위주로 선발했다.

그들 중 한 사람은 자격증까지 갖춘 전문가였는데 평소 안면이 있던 사이였고 실력에 대해 익히 듣고 있었기 때문에 더욱 믿음이 가는 이였다. 하지만 실전에 돌입했을 때는 예상과 달리 기대에 어긋나는 측면이 많았다.

전국의 축구 경기장을 매일 대형 버스와 비행기로 이동하며 바쁘게 생활하는 카메라 기자들과 일반 기자들은 자신들이 취재를 잘 할 수 있도록 세심한 배려를 아끼지 않는, 서비스 정신이 투철한 가이드를 원했다. 그러나 믿었던 사람이 실전에서는 서비스 정신이 부족했다.

그는 필요 없는 경우에도 기자들과 친구처럼 잡담을 즐기려 했고 시키지 않은 일은 절대 나서지 않음으로써 급기야 기자들이 단체로 항의하는 사태까지 벌어졌다. 기자들은 어느 날 취재 본부로 전화를 걸어와 통역을 바꿔달라고 강력히 항의하기도 했다.

당시에는 조금만 더 두고 보자고 기자들을 달래놓았는데, 이번엔 오히려 그 친구가 전화를 걸어 항의하는 소동이 벌어졌다. 왜 한번 정해진 통역 일정을 함부로 바꾸냐는 것이었다. 처음엔 기자들의 항의에 대해 직접 얘기를 하면 그가 무안해할까봐 좀더 신경을 써달라고만 부탁했는데, 이후에도 기자들의 항의가 줄지 않았고 그에 맞대응하는 그의 항의도 더욱더 거세졌다.

국장과 나는 바쁜 일정으로 쉴 새 없이 움직이며 취재를 해야 하는 기자들의 요구 사항을 챙겨주는 것이 급선무라는 결정을 내렸다. 그래서 그를 서울로 올라오게 해야 했다. 이미 기분이 나빠질 대로 나빠진 그는 어떤 말을 해도 믿지 않았고 들으려 하지도 않았다. 그 순간 깨달은 것은 그가 그런 일을 하기에는 너무 넘치는 사람이라는 것이었다.

이런 행사에는 좀더 인내심 많고 남을 배려할 수 있는 세심한 가이드가 전문 통역사보다 어울리는 것이었음을 미처 몰랐던 것이다. 적재적소에 능력을 최대한 발휘할 수 있는 사람을 배치하는 것이야말로 취재 본부 팀장의 역할이었음에도 불구하고 나는 실수를 저지른 후에서야 문제점을 인식하게 되었다. 통역의 달인이 그 실력을 발휘할 수 없는 자리라면 그를 거기에 있게 해서는 안 된다는 것을 그로 인해 깨달은 것이다.

그가 이전보다 좋은 여건에서 대접 받으며 통역을 할 수 있기를, 그의 재능을 아끼는 한 사람으로서 간절히 바란다.

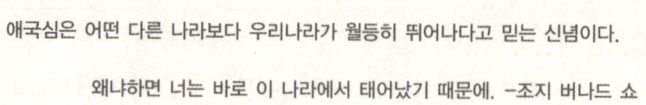

애국심은 어떤 다른 나라보다 우리나라가 월등히 뛰어나다고 믿는 신념이다.

왜냐하면 너는 바로 이 나라에서 태어났기 때문에. ―조지 버나드 쇼

대-한-민-국!

온 국민들이 월드컵을 즐기고 승리의 환희에 들떠 축배를 들던 2002년 6월 내내 나는 서울 코엑스의 프레스 센터에 상주하고 있었다. 내가 근무했던 로이터 통신사의 한국 월드컵 코디네이션 팀들은 매우 분주하게, 그러나 합리적으로 움직였다.

전 세계에서 몰려드는 통신사 기자들을 각 팀으로 나누어 취재 스케줄을 잡는 일, 통역의 배정과 관리, 숙박과 교통 문제를 해결하는 일, 각각의 기자에게 활동비를 정확히 계산해서 부족함 없이 지급하는 일 등 월드컵 코디네이션 팀의 활동은 1퍼센트의 실수도 용납할 수 없는 일이었다.

백만이 넘는 인파가 시청 앞에 모여 '대-한-민-국!'을 외치며 한국 팀을 응원할 때, 그리고 경기에 승리하여 거리마다 자동차 경적에 박자를 맞춰 대한민국을 외치던 그 늦은 시간까지 나는 프레스센터의 내 자리에서 그 다음날의 일정을 맞춰보느라 정신이 없었다.

처음 얼마간 유럽 기자들의 분위기는 한국에 대해 그다지 호의적이지만은 않았다. 유럽의 강호들이 속속 한국 팀에 패하자 그들은 더욱더 한국에 대해 달가워하지 않는 분위기였다. 하지만 어느 누구도 우리 국민들의 열정적인 응원에 대해서 비판하거나 부정적인 반응을 보이진 않았다.

시청 앞에 모인 사람들을 취재하기 위해 개인 시간을 쪼개어 일부러 나가는 편집 기자들도 아주 많았다. 사진 기자라면 모를까, 편집 기자들이 직접 현장에 나가는 경우는 드물었다. 한국 국민들의 반응은 그 자체가 기삿거리였기 때문에 어느 순간부터 전 세계의 언론은 취재의 초점을 한국인들의 응원 열풍에 맞추기 시작했다.

그 전까지 한국에 처음 와보는 외국 기자들에게 한국이란 나라는 별 뚜렷한 인상을 주지 않는 아시아의 작은 국가 중 하나로만 인식되었던 게 사실이다. 일본만큼 선진국이 아니기 때문에 당연히 큰 기대를 안 했던 것이다.

그러나 한국 국민들의 뜨거운 응원전과 응원이 끝난 후 질서정연하게 쓰레기를 줍는 모습을 본 외국 기자들은 한국 국민이야말로 월드컵의 진정한 승자라고 극찬을 아끼지 않게 되었다. CNN, BBC를 비롯한 주요 언론들은 시청 앞의 붉은 물결을 취재하여 전 세계에

타전했다. 이렇게 월드컵을 통해서 한국은 순식간에 세계의 중심이 되어가고 있었고, 나는 그것을 취재의 중심부에서 직접 목격할 수 있었다.

월드컵이 한국을 전 세계에 홍보하는 데 중요한 역할을 할 것이라는 것은 이미 알고 있었지만, 뜻하지 않은 국민들의 열기가 더해지면서 한국에 대해 호의적이지 않던 기자들도 경기 일정의 중반부가 지나면서부터 한국이 일본보다 월드컵을 훨씬 적극적으로 치르고 있다고 표현하기 시작했다. 심지어 '일본은 월드컵을 치렀지만 한국은 월드컵을 숨쉬었다'고 극찬하기까지 했다. 한국과 일본을 오가며 취재를 하다 보니 두 나라의 대조적인 모습이 기자들의 눈에 정확히 들어오게 된 것이다.

일본은 8강 진출이 좌절되자 그나마 뜨거웠던 열기도 가라앉았고, 내가 월드컵 결승전을 보기 위해 요코하마를 방문했을 당시에는 전혀 월드컵을 치르는 나라의 분위기가 아니었다.

나는 그때 평소보다도 적막한 요코하마 해안을 바라보며 이 사람들에게는 열정이 없는 것인가, 아니면 항상 보아왔듯이 감정을 자제하는 데 익숙해 있어서 기쁨과 열정마저도 가슴속에 숨겨버린 것인가라는 의문이 들었다. 반면에 숨겨놓았던 열정의 보따리를 전 세계인들에게 펼쳐 보인 한국은 감정의 표출이라는 면에서 공동 개최국인 일본보다 더 뜨겁고 적극적이라는 찬사를 받게 되었다.

내가 아는 외신 기자 중 몇몇은 20일 정도를 한국에 머물다가 결승전 취재차 일본에 가게 되었는데 일본에 간 후에야 한국인들이 얼마나 따뜻한 사람들인지, 그리고 서울이 얼마나 재미있는 도시인지를 실감하게 되었다고 털어놓기도 했다. 그리고 이후 그들의 기사는 한국에 대해 약간은 냉정하고 객관적이었던 초반에 비해 매우 우호적으로 바뀌어 있었다.

특히 한국에 대해 부정적인 시각을 갖고 있던 W 기자는 월드컵이 열렸던 3주 동안 한국의 월드컵 사무소에서 나와 같은 방을 썼다. 열 명 남짓한 직원끼리 매일 부딪쳐야 하는 상황에서 그는 한국 직원들에 대한 불쾌감을 직접적으로 드러내곤 했고, 그 중 박 대리와는 정말 앙숙이 되어버렸다.

그렇게 열흘쯤의 시간이 흘렀을 때 그와 점심 식사를 함께 하게 되었다. 난 그에게 월드컵과 관련된 많은 에피소드들을 들려주었고 그도 서서히 마음을 열기 시작했다. 그리고 그날 이후 그는 눈에 띌 정도로 사람들에게 친절하게 대하기 시작했고, 급기야 떠나는 날에는 술을 사겠다며 호텔 근처에 알아둔 와인 바로 직원들을 직접 안내하기까지 했다. 그는 한국에 대해 더 이상 거부감을 갖고 있지 않았다. 어쩌면 애초의 거부감은 아직 겪어보지 못한 일에 대한 두려움에서 비롯된 것이었을지도 모른다.

W 기자 때문에 계속 스트레스를 받았던 박 대리는 그에게 이별의 선물로 아로마 향초를 선물했고, 그 초의 아래에는 "당신을 진정시켜줄 거야"라는 제목이 붙어 있었다고 한다. 나름대로 호의를 보이면서도 통쾌하게 복수를 한 것이다.

한솥밥을 먹으며 한국 사람들의 장점을 몸소 겪었던 그 기자는 요코하마로 옮긴 뒤부터 한국에 대해 극찬하는 기사들을 쓰기 시작했다. 일본에서 받았던 냉대와 무관심과는 달리 한국이 얼마나 사람을 편하게 만드는 나라인가를 강조했다. 나름대로 직원들이 노력을 기울인 결과이기도 했기에 우리 모두 또 하나의 성과를 이룬 것에 대해 매우 흡족해했다.

나는 그런 월드컵 기간 한 달 내내 하루도 쉬지 못하고 오전 아홉시에서 밤 열한 시까지 일에만 매달렸다. 그런 와중에 한번도 긴장감을 풀지 않았고 한치의 실수도 범하지 않고자 최선을 다했다.

선수들이 발로 뛰는 동안 우리는 오점을 남기지 않는 월드컵 기획이라는 목표만을 바라보고 함께 달렸다. 결국 선수들도 승리했고 우리 팀도 정해놓은 목표를 달성했다.

4 남자의 나라에서
여자의 이름으로 살아가기

아이를 키우며 완벽한 홀로서기를 실천하는 것에는 많은 무리가 따랐고

난관도 많았다. 그렇지만 내 몸에 맞지 않는 옷을 입고 살아가는 것보단

그 삶이 훨씬 자유롭고 행복했다. 여자로 살아간다는 것.

그것도 남자의 나라에서 여자의 이름으로 살아간다는 것은 그 자체가

몹시 어려운 일이지만, 반대로 도전할 만한 가치가 있는 일이기도 한 것이다.

전 세계의 여성을 교육시키고 권력을 부여하면 모두에게 좀더 사려깊고

관대하고 공정하고 평화로운 삶을 가져올 것이다. ─아웅산 수지

남자의 나라에서 여자로 성공하는 법

여자가 너무 드세거나 똑똑하면 팔자가 세다고 한다. 경제력을 갖게 되면 남자 어려운 줄 모르게 된다고 한다. 어머니 세대의 어른들이 갖고 있는 생각들이다. 세상을 살다 보니 어느새 난 너무 드세졌고, 똑똑해졌고, 어느 정도 경제력을 갖게 되었다. 어른들이 얘기하는 몹쓸 여자가 다 되어버렸다.

월드컵을 함께 준비했던 래리 국장은 내게 월드컵 팀장으로서 일을 할 때의 내 모습을 보고 서양에서도 보기 힘든 강한 여자라며 한국이 나의 기질과 맞지 않는 곳이라고 했다. 일을 하는 데는 남녀 구분이 없어야 한다는 것이 나의 기본 철칙이다 보니 그 회사에서도

그런 점을 믿고 내게 팀장 자리를 맡겼을 것이다. 래리 국장은 일하는 여성으로서의 나를 보고 강하다는 표현을 아끼지 않았다.

하지만 나도 일하면서 많은 좌절을 겪게 되었다. 여자라는 이유만으로 중요한 결정권을 맡기려 하지 않을 때, 다수가 모인 회의장에서 유일한 여자로 참석한 나를 소외시킬 때, 자기보다 아랫사람이라는 이유로 여직원에게 커피 심부름을 시키려 할 때, 구성원의 3분의 2가 여성인 조직에서마저도 감투라는 감투는 죄다 남자에게만 씌워줄 때 등 헤아릴 수 없을 정도로 많은 경험들이 내게 여자로 이 땅에 산다는 것이 얼마나 힘든 일인가를 느끼게 해줬다. 이런 남녀 차별은 폐쇄적인 조직일수록 보이지 않는 곳에서 더 심하게 횡행하고 있었다.

한국은 남자의 나라이다. 남자들은 결혼을 했건 안 했건 언제든 룸살롱 정도는 돈만 있다면 마음껏 드나들 수 있다. 호주제를 폐지한다고는 하지만 법률적인 장치가 마련된다고 해도 아직 한국은 지극히 가부장적인 나라이다. 아직도 많은 어머니들이 딸들에게 강하고 현명해지는 법이 아닌, 참고 인내하는 법을 가르친다. 그 결과 요즘 한국은 여성들의 출산율이 세계에서 가장 저조한 국가 중에 하나가 되었다. 많은 부부들이 이혼을 하고, 독신 여성들도 점점 늘어가고 있다. 당연한 일들이 일어나고 있는 것이다.

결혼해서 직장을 다니는 여성들을 위해 제대로 된 탁아 시설 하나 없고 남자들은 가사를 분담하는 것을 기꺼워하지 않는다. 분담이란 의미보다는 여자를 위해 '해준다' 라는 생각을 하기 일쑤이다. 어느

모로 보나 여자한테 훨씬 불리한 것이 한국의 결혼 생활이다. 사랑이란 이름으로 이 모든 제도적 모순을 감당하라고 하기엔 설득력이 부족하다.

이런 제도 속에서 주체의식이 강한 여성은 결혼 생활을 제대로 유지해나갈 수 없을 것이다. 텔레비전 광고엔 유명한 여배우가 나와 커다란 냉장고 옆에서 여자라서 행복하다고 한다. 김치냉장고를 꼭 가져야 한다고 세뇌시킨다. 그 광고에 나오는 여배우가 너무 예뻐서 순간 나도 모르게 냉장고를 바꾸면 더 행복하겠구나라고 설득을 당한다. 텔레비전에 나오는 많은 여성들이 외적인 미를 과시하며 여자로서의 상품 가치를 최대한 자랑하고 있고, 많은 사람들이 과연 예쁜 여자는 복 받은 거라며 부러워한다. 사회가 여성들을 세뇌시키고 있다. 당당하게 자신의 세계를 개척해가는 여성보다는 가난하지만 얼굴 예쁜 여자가 재벌 2세와 사랑에 빠져 해피 엔딩으로 마무리되는 드라마를 보여주며 결국 세상의 가치는 얼굴과 돈이라고 강조한다. 과연 언제쯤이면 여자에게 정체성을 가져도 좋다는 결론이 날지 궁금하다.

남자의 나라에서 여성으로 성공을 한다는 것은 매우 힘든 일이다. 얼마 전 사회적으로 제법 성공을 거둔 여성의 연설을 들은 적 있었다. 그런데 놀라웠던 것은 사회적으로 성공한 본인도 딸에게는 '좋은 며느리, 아내'가 되라고 교육을 시키고 있다는 것이다. 어쩌면 세상을 살아보니 여자로서 남자와 어깨를 나란히 하고 이겨나간다는 것이 너무 힘들었던 자신의 경험에서 우러나온 교육일지도 모른다.

하지만 세상은 변하고 있다. 지금의 십대들이 결혼을 할 때가 되면 지금과는 또 다른 결혼 문화가 형성될 것이다. 여성이 결혼 생활에서건 사회 생활에서건 동등한 대접을 받을 수 없다면 다양화되어 가는 개인들의 욕구와 가치관을 사회가 충족시키지 못하게 되어 큰 사회 문제가 야기될 것이다.

얼마 전 강금실 법무장관은 새로 임명된 법조계 인사들과의 대담에서 "다시 법조계의 일을 한다면 검사를 하고 싶은가, 판사를 하고 싶은가?"란 질문에 "놀고 싶다"라고 농담을 해 웃음을 자아낸 적이 있다. 어쩌면 이 나라에서 여성으로서 그런 요직에서 일하며 산다는 것이 너무 힘들기 때문에 자신도 모르게 튀어나온 말일지도 모른다. 하지만 힘들더라도 각자가 그 자리를 꿋꿋하게 지켜나가야 한국 여성의 사회적 현실이 개선될 것이고, 젊은 한국 여성들에게 더 큰 꿈을 가질 수 있게 하는 역할 모델이 생길 것이다.

연약하고 수줍어하고 겁이 많은, 그래서 남자에게 보호 본능을 자극하는 여자가 되든지, 당당하고 굳세고 자신을 보호할 수 있는 여자로 살 것인지는 자신이 선택해야 한다. 사회적 통념이나 여자라는 이름이 계속 나를 포기하고 살아갈 것을 강요하더라도 자신의 인생은 자신이 지켜가고 꾸며가는 것이라는 것을 잊지 말아야 한다. 또한 자기 정체성을 확립함과 동시에 당당해져야 한다. 이런 자신을 이루기 위해서 지켜야 할 십계명을 적어본다.

첫째, 자신의 삶의 목적을 적극적으로 스케치해라. 내가 추구하는 인생의 목표를 하나쯤 안고 살아야 정체성 확립에 도움이 될 것이다.

둘째, 자신이 하는 일을 중요시해라. 직업은 돈 버는 수단이 아니라 내가 원하는 꿈을 이루기 위한 도구가 되어야 한다. 결혼하면 버리고 말 그런 일이 아니라 평생 나의 친구가 되어줄 직업을 가져라.

셋째, 무조건 '예스'라고 하지 말아라. 누군가 여자이기 때문에 무조건 양보하고 무조건 무시하려 들 때 무조건 반박하지도 무조건 '예스'라고 하지도 말아라. 결정적인 순간에 '예스'와 '노'를 정확히 표현할 수 있는 방법을 모색해라.

넷째, 공존의 법칙을 배워라. 나와 의견이 다른 사람들을 미워하고 만나지 않는다면 그것은 그들과 똑같아지는 것이다. 어깨를 나란히 하는 것이 때론 힘들어도 그들과 부딪치면서 나를 인정받을 수 있도록 공존의 법칙을 터득해가라.

다섯째, 내실과 외실을 함께 겸비해라. 아름다움은 평생 간직할 수 없지만 두고두고 쌓아가는 실력과 내공은 평생 나를 뒷받침한다. 하지만 그렇다고 외모에 전혀 신경 쓰지 않는 것도 실수다. 자신을 제대로 가꿀 줄 아는 것은 그만큼 자기 정체성이 강하다는 표현이기도 하므로 밖으로 드러나는 모습도 함께 신경 써야 한다.

여섯째, '우리'보다 '나'로서의 모습을 먼저 닦아라. 집안에서는 한 사람의 아내, 한 아이의 엄마, 착한 딸의 역할을 해내고 있다고 하더라도 결국 사회의 구성원인 나의 모습이 가장 중요하다. 내가 제대로 구실을 할 수 없다면 가정도 사회도 아무 소용없다. 나 자신의 소리에 충실해라.

일곱째, 인내심을 길러라. 나이든 사람일수록 습관이나 가치관을 쉽게 바꿀 수 없다. 따라서 가치관이 다른 남자들이나 어른들과 상대할 때 당장 불협화음을 내고 목소리를 높여 주장하기보다는 시간을 들여 나를 인정하도록 만들어라. 좀 진득해질 필요가 있다.

여덟째, 책읽기를 소홀히 하지 말아라. 책 속에는 많은 인생 선배들의 가르침이 들어 있기 때문에 아무리 읽어도 독이 되진 않는다. 그리고 많이 읽어두면 자신의 외모에 그런 지식이 배어나오게 된다. 진한 향수보다 득이 될 때가 많다.

아홉째, 약약강강을 배워라. 나보다 돈이 많고 잘났다면 무조건 머리 숙이고, 약한 사람이라면 무조건 누르려드는 것은 진짜 비열한 모습이다. 자신이 옳지 않다고 생각하면 아무리 돈이 많고 아무리 권력이 강한 사람이라도 무조건 고개 숙이지 말고, 자신보다 가진 게 적고 못 배운 사람이라고 무조건 업신여기지 말아라. 그런 태도는 자신의 수양되지 못한 인격을 적나라하게 드러내주는 것이다.

열째, 합리적인 사람이 되어라. 합리적인 사고를 하다 보면 언제나 나보다 남의 입장에서 되새겨보게 되고 그러면서 사고의 깊이가 더욱 깊어지고 넓어진다. 사물을 볼 때 한 가지 면만 보려 하지 말고 언제나 보이지 않는 사각지대가 있다는 것을 염두에 두고 나의 생각이 틀릴 수도 있다는 사실을 인정해라. 이기적인 사람이 아닌 합리적인 사람이 되어야 성공할 수 있다.

난 축복받은 자이다. 부모님은 내가 원하는 무엇이라도 될 수 있다고 말했다.

만일 당신이 그런 가정에서 자란다면, 당신 자신을 믿는 법을 배우게 된다.

−릭 슈로터

그는 왜 한국에선 딸을 키울 수 없다고 하는가

미국에서 잠시 알고 지내던 버클리 대학의 한 교수는 한국인 아내와 그 사이에서 태어난 두 딸, 전처와의 사이에서 태어난 두 딸, 이렇게 여섯 명의 대가족을 이뤄 함께 살고 있었다. 1년 동안 교환 교수로 한국에 왔다가 미국으로 돌아간 그는 한국에 대한 그리움이 남다르다고 했다.

한국은 잠시 방문하는 관광객들보다는 이렇게 살아본 사람들에게 더 많은 그리움을 주는 나라인가 보다. 아마도 우리나라 사람들이 알면 알수록 정이 많은 사람들이라서 그럴 것이다.

한국에 대한 기억이 남다른 그 교수가 어느 날 술자리에서 반농담조로 했던 말이 내게 깊은 인상을 남겼다.

"기회가 되면 한국에 다시 가보고 싶어요. 한국의 밤거리에 나가 포장마차 같은 곳에서 술도 한잔 하고 싶어요. 그런데 좀 아이러 니컬하지만 내 딸들을 그곳에서 키우고 싶은 생각은 별로 없네요."

그에게서 그런 말을 들은 것은 몇 가족이 함께 킹스 캐넌(LA에서 네 시간 정도 걸리는 계곡)이란 곳으로 여름 캠핑을 갔을 때였다. 저녁 에 숯불 바비큐와 함께 맥주를 한잔씩 하면서 이런저런 이야기를 하 다가 교수가 던진 그 말은 내게 '한국 여자로 산다는 것'이 어떤 것 인지 다시금 생각하게 하는 시간을 주었다.

교수의 설명은 이랬다. 유난히 가부장제의 영향을 받고 있는 한국 문화 속에서 여자로 살기 위해선 때론 침묵해야 하고, 때론 포기해 야 하고, 때론 버려야 하는 것이 너무 많다. 맘껏 놀고 꾸미고 하는 면에서야 다른 나라 부럽지 않지만 자기 정체성을 갖고 있는 사람은 극히 드문 것 같다. 자신이 진정 원하는 것이 무엇인지를 떳떳하게 밝히거나 그것을 실행하기에는 남자보다 힘든 현실. 그리고 아무리 고등교육을 받았더라도 결혼과 함께 자신의 꿈을 쉽게 포기하는 사 람들. 이런 점들이 자신의 딸을 한국에서 키우고 싶지 않게 만드는 이유라고 했다.

그런 얘기를 들은 게 7년 전 일이었으니 그 동안 한국도 그 교수 가 겪었던 현실보다는 훨씬 나아졌을 것이다. 하지만 아직도 많은 여성들이 자신의 꿈을 실현하기엔 여러 제도적 장치가 미흡하다.

대학을 졸업하고 여성이 사회 생활에 뛰어드는 비율은 점점 늘어가는데 기혼 여성을 위해 마련된 국가 차원의 배려는 변변치 않다. 김치냉장고에 세탁기에 옛날 사람들보다 살림을 꾸려가기가 훨씬 수월해졌다고는 하지만 직장 여성이 지고 가야 하는 짐은 더 무거워졌다. 적극적으로 살림에 가담하지 않는 남편과 시댁에 대한 며느리로서의 의무, 그리고 자녀 양육도 아직은 여성의 몫으로 생각하는 남자들이 많다 보니 여러 가지 이유에서 어깨가 더 무거워진 셈이다.

한국은 여성 취업이 늘었다곤 하지만 아직 후진국 수준을 면치 못하고 있는 것이 현실이다. 몇 년 전 우리나라의 여성 경제 활동 참가율은 48.8퍼센트. 1999년 통계인 미국·스웨덴 등 선진국의 60~80퍼센트에는 턱없이 못 미치고 경제협력개발기구(OECD) 회원국 중에서도 꼴찌였다.

일을 원해도 남자들에 비해 일자리를 얻기 힘들뿐더러 직장에 다닌다고 해도 기혼 여성은 퇴출 순위 1위가 되기 쉽다고 한다. 반면 스웨덴 같은 경우엔 부인이 아이를 낳으면 남편도 2주간의 출산 휴가를 가질 수 있다. 여성이 공정하게 사회 생활을 할 수 있도록 국가가 지원해주는 한 예라 하겠다. 그만큼 제도 자체가 아직 미흡한 상태에서 여성으로서의 사회적 정체성을 확립해간다는 것은 쉬운 일은 아니다.

예전에 대학원에서 페미니즘을 공부하던 시절 가장 혼란스러웠던 것은 아무리 많은 이론을 체계화해도 현실적으로 실천할 수 있는 여건이 안 된다는 점이었다. 남녀평등을 남자와 여자가 힘도 똑같이 세야 하고 돈도 똑같이 잘 벌어야 한다는 거라곤 생각하지 않는다.

역할 분담을 할 때 공정해야 하는데 그렇게 공정한 역할을 맡도록 키워진 남자들이 별로 없다는 게 문제이다. 가사 노동을 반쯤 나눠할 수 있으면서 경제 활동도 아울러 할 수 있는 남자는 우리 사회에 그리 흔하지 않다.

이러한 문제는 우리네 부모님들이 아들을 그렇게 키우지 않았다는 것에도 큰 원인이 있다. 아직도 '여자는 이래야 한다. 남자는 저래야 한다'라는 규칙을 갖고 있는 가정이 훨씬 더 많기 때문에 남자의 역할 분담이나 여자의 정체성 확립을 운운하는 것은 시기상조일지도 모른다.

현재의 한국은 이런 기존 가치관이 혼돈기에 접어든 상태이다. 일본의 30년 전쯤의 상황이라고도 한다. 이 시기가 지나면 일본처럼 기존의 결혼제도에 적응하지 못하는 젊은이들이 결혼 자체를 거부할지도 모른다. 좋고 편한 것보다 함께 해서 불편한 점이 더 많다면 누가 그것을 기꺼이 수용하려 할까. 좋고 편한 것보다 여자에게 불편한 것이 너무 많아서 결혼을 하지 않는다는 것은 나 자신의 이야기이기도 하다.

그러나 사회가 여성을 진정한 동반자로 받아들여주지 않더라도 여성으로서의 정체성을 찾고 가꾸어나가는 것은 자신의 판단에서 시작된다. 그냥 그런 한국 여성으로 산다는 것을 거부하는 신세대들이 더 많아지기를 진심으로 바란다.

여자는 여자로 태어나는 것이 아니라 여자로 만들어지는 것이다.

－시몬느 드 보봐르

시몬느 드 보봐르

시몬느 드 보봐르의 《제2의 성》을 처음 대면한 건 페미니즘 이론에 한참 물이 오르기 시작했던 대학원 시절이었다. 프랑스에서 여성에게 선거권이 주어진 게 1944년이라는 것을 고려하더라도, 1949년에 출간된 《제2의 성》은 여성운동사에 가히 혁명이라고 할 만한 것이었다.

우리나라에서 페미니즘이 한창 급부상하던 1990년대, 결혼한 여자가 페미니즘을 공부한다는 이유로 난 노교수의 핀잔과 편견 어린 시선을 감당해내야만 했다. 그 당시 무수한 페미니스트들의 이론을 학습했지만 유난히 '여자는 여자로 태어나는 것이 아니라 여자로 만들어지는 것이다' 라는 보봐르의 이론이 신선하게 다가왔다.

당시 나는 이혼을 준비하고 있었기 때문에 페미니즘은 나의 현실과도 관련이 있었다. 나의 의사는 전혀 반영되지 않는 가부장적이고 독선적인 결혼 생활에 반기를 들고 별거를 하던 시기에 난 결혼이 여자에겐 정말 불리한 제도라는 사실을 실감했다.

그래서 그녀의 '타자 이론' 은 나를 나로 느끼며 내가 원하는 생활 방식을 갈구하던 그 당시의 내게 유일한 돌파구처럼 보였다. 사랑이 서로에 대한 구속이고 책임인 이상, 결혼 생활에서 서로 똑같은 인격체로 존중받아야 한다는 나의 생각은 이미 '나' 라는 딱지를 떼고 살아야 하는 결혼이라는 현실에 편입되자마자 커다란 갈등을 불러일으켰다.

아들은 절대 부엌에도 못 들어가게 하고 힘든 집안일은 모두 여자의 몫이며, 며느리는 절대로 집안 어른들에게 복종해야 한다는 무섭고도 완고한 시어머니와의 갈등이 커지면서, 난 어느 순간부터 나의 결혼 생활은 남편과의 생활이 아니라 시어머니와의 생활이라는 걸 깨달았다.

나는 그 어렵고 힘든 현실에서 도피처를 찾고 싶었다. 하지만 혼돈스러웠던 점은 이론은 이론일 뿐 페미니즘을 같이 공부했던 그 어떤 친구들 중에서도 진정한 의미의 페미니즘을 실천하는 사람은 없다는 점이었다. 학문은 그저 학문일 뿐 누구도 학문과 현실의 괴리감으로 인해 고통스러워하거나 고민하는 것 같지는 않았다. 누군가는 "그래서 여자는 가방 끈이 길면 안 되는 거야" 라는 농담을 던지

며 나의 고민을 희석시키려고도 했다. 생물학적 요인과 사회적·이데올로기적 교육으로 여성이 타자화되어간다는 보봐르의 주장처럼, 나는 결혼과 출산을 통해 '나'를 잃어가고 있었다. 남편과 더불어 '우리'가 되어가는 것이 아니라 그의 제도 안에 편입되어가고 있었던 것이다.

마침내 남편과 이혼을 한 후에 나는 다시 어머니의 집으로 호적을 옮기는 대신 한 집안의 호주가 됨으로써 '나'로서의 삶을 시작했다. 물론 아이를 키우며 완벽한 홀로서기를 실천하는 것에는 많은 무리가 따랐고 난관도 많았다. 그렇지만 내 몸에 맞지 않는 옷을 입고 살아가는 것보단 그 삶이 훨씬 자유롭고 행복했다.

여자로 살아간다는 것, 그것도 남자의 나라에서 여자의 이름으로 살아간다는 것은 그 자체가 몹시 어려운 일이지만, 반대로 도전할 만한 가치가 있는 일이기도 한 것이다.

오늘날 여성은 가발, 가짜 눈썹, 가짜 손톱을 달고 다양한 수술을 받으면서

'진정한' 남자를 찾을 수 없다고 불평한다. —작자 미상

10억보다 더 소중한 가치

"우리 아파트는 이번에 집값이 엄청 뛰어서 10억이 넘어요."

흔히 듣는 말이다.

미국에서는 10억이란 돈을 현금으로 갖고 있는 이가 극히 드물지만, 언제부턴가 한국에서는 5억이나 10억쯤은 '명함도 못 내미는' 분위기가 형성되었다. 누구나 갖고 있는 돈이니까 나도 5억 정도는 있어야 어디에 가더라도 떳떳할 수 있고 중산층 중에서 그나마 나은 계층에 속할 수 있다. 그러다 보니 너도나도 얼마를 갖고 있는지에 집착하고 그것을 이루지 못했을 때는 상대적인 빈곤감과 열등감에 시달리게 된다.

돈이 아예 없는 사람들은 5억 정도만 있으면 세상이 든든할 것 같지만 실상 그 돈을 가진 사람들은 더 많이 갖기 위해 안간힘을 쓴다. 자본주의 사회에서는 돈이 곧 '힘'으로 탈바꿈되기 때문에 돈을 많이 갖고 있는 사람 역시 그 돈의 꿈틀거림을 좇을 수밖에 없는 것이다.

그런데 가끔씩 과연 사람들은 자기가 가진 돈에 상응하는 가치 있는 삶이나 행복을 누리며 살고 있을까 하는 의문이 생긴다.

내가 생각하는 가치 있는 삶이란 일반적인 기준과는 좀 다르다. 나도 사람이기 때문에 돈에 대한 그리고 그 밖의 물질에 대한 욕심이 없지 않다. 하지만 소유만 하고 누릴 수가 없다면 그것은 삶의 엄청난 짐이 된다는 생각이다.

아직은 한국이 사회 복지 면에서 선진국에 못 미치다 보니 국가에서 지원하는 미래에 대한 보장이 불투명하다. 그러니 노후가 걱정되어 젊었을 때 한푼이라도 더 모으려고 애쓰는 것은 이해가 간다. 하지만 돈을 모아 죽음을 기다리고 있는 꼴이라면, 그 또한 얼마나 허무한 삶의 예비란 말인가. 돈이 내 삶보다 더 커져버려 세상의 이치를 헤아리지 못하고 살아야 한다면 우리는 무척 불행할 것이다.

아는 소설가 선배 중 한 분은 지금 파리에 산다. 등산을 유난히 좋아했던 그분은 그 덕택에 홀로 지내는 시간이 많았던 부인에게 소원이 무엇이냐고 물었다. 선배의 부인은 파리에 미술 공부를 하러 가고 싶다고 했고, 그는 사십대 중반이 넘은 나이에 주저없이 부인과 아이들을 데리고 파리로 건너갔다.

가족의 생활을 뒷받침하기 위해 그는 서울에 작은 와인 바를 차렸다. 프랑스산 포도주를 직접 가져와 손님들에게 선보이며 가족에겐 남들이 갖지 못하는 다른 형태의 삶을 마련해주었다. 아이를 외국으로 유학 보내는 것과 부인의 유학을 위해 가족 모두가 해외로 건너가는 것에는 큰 차이가 있다.

한국에서는 나이 마흔이 넘었을 경우, 해야 할 일보다는 하지 말아야 할 일, 혹은 하지 못하는 일들이 훨씬 더 많다. 전직을 하기도 힘들고 자신의 인생을 위해 목표를 갖고 뭔가를 처음부터 추진하는 것도 힘들어진다. 또 나이에 대해 지나치게 집착하면 그럴 수밖에 없는 것이다. 유교 문화권이라 그럴 수밖에 없다고들 하지만, 21세기엔 자신의 삶을 계획하고 준비하지 않는 것이 사회의 분위기 탓이라는 핑계만으로 무마될 순 없을 것이다.

유학을 다녀와 알게 된 친구들 중에는 강남의 상류층 자녀들이나 스스로 상류층인 친구들이 몇 명 있다. 그 중 한 친구는 아직 결혼을 하지 않은 올드미스인데 명품에 대한 관심이 엄청나다. 함께 쇼핑을 하러 나가면 백만 원이 넘는 옷이나 가방을 한꺼번에 몇 개씩 사들인다. 결혼을 못했다는 사실에 대해 스트레스를 받는 그에겐 그렇게 물건을 사 재두는 것이 유일한 스트레스 해소법이다. 살이 약간 붙어 무엇을 입어도 예뻐 보이지 않자 더욱 비싼 옷을 고집한다. 심리학을 전공한 것은 아니지만 내겐 그의 문제가 무엇인지 확연히 보인다. 자신의 가치를 나이나 돈 같은 숫자의 개념이 아닌 좀더 근본적인 데 둔다면 해결될 듯싶다.

가령 아침에 일어나 간단하게라도 명상을 하고, 어떤 형태든 좋아하는 취미를 하나쯤 가져 생활의 즐거움을 찾고, 커피를 마시는 시간이나 혼자 있을 때에 자신과의 대화를 솔직하게 시도하라고 권하고 싶다. 벌거벗은 자신과의 만남에서 당당해질 수 있다면 세상의 가치에 이리저리 흔들리지 않을 수 있으니 말이다.

예뻐지기 위해 성형수술을 받는다고 해도 사실 그 아름다움이 영원히 지속되는 것은 아니다. 자기 만족과 사회적인 기여를 위해서 얼굴을 예쁘게 고쳐서 그것이 자신의 정체성 확립에 도움을 준다면 별 문제는 없을 것이다. 문제는 그렇게 예쁘게 만든 얼굴을 대하는 사회적인 가치관에 있다. 얼굴이 예뻐지면 못생긴 사람보다 더 많은 혜택을 주는 게 우리 사회의 현실이다. 사람들이 좀더 관심을 갖고 많은 혜택을 주려고 하는 그 이면에는 사람들이 대하는 가치가 결국은 코에 넣은 플라스틱 조각의 가치 정도라는 사실이 숨겨져 있다 (영어로 성형수술을 'plastic surgery'라 한다).

우리 사회는 여자를 정체성을 가진 한 인간이 아니라 눈으로 보고 즐기는 성적 대상으로 만들어 예쁜 여성이든 그렇지 않은 여성이든 스스로 주체적으로 살아가지 못하게 만드는 악순환의 구조를 만들어왔다. 성형수술도 결국은 돈과 마찬가지로 우리 사회가 갖고 있는 병적인 측면을 드러내주고 있다.

5억이 있어도 인생이 행복하지 않다면, 백만 원짜리 명품 가방으로도 행복하지 않다면, 그리고 성형수술한 얼굴로도 행복하지 않다면 이제는 자신의 삶이 진정으로 원하는 것이 무엇인지 돌아볼 때이다. 플라스틱 가면을 벗어버리고 맨얼굴, 맨몸의 자신에게 묻는다면 그 답을 구할 수 있을 것이다.

난 한국에 돌아온 이래로 여러 가지 면에서 우울해졌다. 물질만능
주의가 더욱더 팽배해진 사회에서 인생을 플라스틱 모으기에 투자
하고 있는 사람들과 부딪치면서 이곳이 내가 평생을 아끼고 사랑하
며 살아가야 할 곳인가에 대해 많은 회의를 느꼈다.

그 와중에 얻은 결론은 결국 해답은 내 안에 있다는 것이다. 타인
의 가치에 흔들리지 않고 내가 옳다고 믿는 삶의 방식대로 살아간다
면 적어도 등에 짐을 이고 살아가는 기분은 느끼지 않을 것이다.

세상이 비록 고통으로 가득 차 있다고 할지라도, 또한 고통을 극복하는

이들로 가득 차 있기도 하다. ─헬렌 켈러

외로움에 상처받은 영혼들

"날 버리지 마. 난 혼자 있으면 이러다가 죽을지도 몰라."

여자가 여자에게 날 버리지 말라는 얘기를 듣는 경우는 극히 드물다. 레즈비언이 아닌 경우에야 어떻게 그런 말을 들을 수 있겠는가. 하지만 난 여자로부터 그런 말을 들어본 적이 있다.

내가 LA에서 살 때의 일이다. 나는 비교적 평수가 큰 아파트를 빌려 살게 되었는데, 비싼 집세 때문에 룸메이트를 구할 수밖에 없었다. 신문에 작은 광고를 내어 룸메이트를 구하던 중 만난 사람은 아주 예쁘고 참하게 생긴 여학생이었다. 나는 그녀에게 방 하나를 내주고 룸메이트로 지내기로 했다.

그녀가 이사를 온 다음날부터 나는 뭔가 이상한 예감을 갖게 되었다. 첫날부터 하루 종일 방에서 나오지 않는 것이었다. 이사하느라 무척 피곤했을 거라 생각한 나는 아무렇지도 않게 넘겼다.

그런데 그 이튿날에도 그녀는 방에서 나오지 않았다. 내심 걱정이 앞섰다. 혹시 몸살이라도 난 건 아닐까? 아픈지 들어가봐야 하는 건 아닐까? 고민하다가 그녀의 방문을 두드렸는데 안에서는 별 반응이 없었다.

사흘째 되던 날 마침내 그녀가 방문을 열고 거실에 얼굴을 비추었다.

"무슨 일 있는 줄 알았어요, 얼마나 걱정한 줄 알아요?"

"미안해요. 피곤해서 계속 잤거든요."

"이틀 동안 아무것도 먹지 못했죠? 내가 밥 차려줄게요."

그녀는 정말로 배가 많이 고팠던지 덩치보다 좀 많이 먹는 것 같았다.

"잘 먹었어요."

그때였다. 갑자기 화장실로 달려간 그녀가 먹은 것을 모두 토해내기 시작했다.

그녀가 음식물을 다 토해내고 자신의 방으로 들어가고 나서야 나와 아이는 잠을 청했다. 새벽 두 시쯤 되었을까, 아이와 나는 잠에서 깨어 공포감에 휩싸였다. 짐승의 흐느낌과 같은 소리가 아파트 어느 층에선가 서서히 올라오는 것 같더니, 갑자기 한 여자의 섬뜩한 흐느낌이 귓속을 파고들었다.

206

나는 공포에 떠는 아이를 진정시킨 후, 침착하게 거실로 나갔다. 그리고 룸메이트의 방 앞을 지나다가 그 앞에서 난 그만 온몸이 얼어붙고 말았다. 기괴한 흐느낌은 룸메이트의 방에서 흘러나오는 소리였다.

나는 노크를 해보았다. 그러나 안에서는 계속 흐느낌만 들려왔다. 재빨리 손잡이를 잡고 문을 밀었다. 내가 본 광경은 아주 끔찍했다. 그녀의 입에서 하얀 거품이 부글부글 끓고 있었고, 눈은 완전히 뒤집힌 채였다. 그녀는 그 상태에서 계속 짐승 같은 소리를 내고 있었다. 그녀는 미쳐 있었던 것이다.

정확한 병명이 무엇인지는 알 수 없지만, 유학 생활 중에 그렇게 되었다고 했다. 운수업을 하는 부잣집 막내로 자란 그녀는 고생이라고는 한 번도 해본 적이 없었다. 미국으로 유학을 온 지 1년 만에 외로움에 지친 그녀는 한 남자를 만나 사랑을 하게 되었다. 이국 땅에서의 만남은 더 애틋했고 상대에게 더욱 의존하게 되었다. 그러나 그녀의 헌신적인 사랑에도 불구하고 어느 날 그 남자는 그녀를 버리고 말았다. 헤어지지 못하고 매달리는 그녀를 때리고 돈을 갈취하며 사람으로서 해서는 안 될 짓을 했다. 아무에게도 이야기할 수 없던 그녀는 고통의 무게를 이겨내지 못하고 그만 정신이상 증세를 보이게 된 것이었다. 50킬로가 넘던 몸무게는 37킬로로 줄어들었고 밤이 되면 신음소리를 내며 고통에 울부짖었다.

미국 유학 생활 중에 나는 그녀와 같이 미쳐 있는 사람이나 반쯤 정신이 나간 사람들을 간혹 볼 수 있었다. 사실 유학 생활 중 가장 힘든 부분이 무엇이었냐고 묻는다면 열 명 중 아홉은 외로움이라고 얘기한다. 멀쩡하게 유학 생활을 잘 하던 남학생들도 방학 때 한국에 나갔다가 두 달 만에 선 보고 결혼해서 부인을 데리고 들어오는 경우가 많았다. 이런 경우에는 영어 한마디 못 하는 유학생 부인들의 마음 고생도 적지 않았다. 미국에서는 특히 운전을 못 하는 경우에 생활이 많이 불편하다. 거의 감옥과 같다고 보면 된다. 그래도 자상한 남편들은 수업이 끝나는 대로 아내를 운전 교습소에 데려가는 등 현지 적응을 위해 노력하지만, 자신이 편해지기 위해 결혼해서 데리고 들어온 경우에 그 아내는 밥하고 빨래하고 남편 돌아오기만을 기다리는, 한국에서보다 힘든 결혼 생활을 감수해야 했다.

그래도 이렇게 외로움을 이길 방법이 있는 사람은 낫다. 내성적인 사람들은 삭여야 하는 외로움도 몇 배나 깊고 크다. 이럴 때는 뚜렷한 목표 의식과 정신력만이 유학 생활의 성공 여부를 결정하는 잣대가 된다. 마음 약한 사람들은 학교에 들어가기도 전에 방황하다가 유학을 포기하고 장사를 하거나 취직을 하거나 불법 체류자로 떠도는 생활로 전락하기도 한다.

나도 몹시 힘들게 외로움을 탔던 시절이 있었다. 그러나 내게는 좋은 친구들이 있었고, 사촌 동생들과 이모, 사촌 언니, 그리고 내가 가르치던 제자들까지 많은 사람들이 곁에 있어주었다. 그럼에도 불구하고 처음 아이의 손을 잡고 미국 땅을 밟았을 땐 그 누구도 위로가 되지 못했다. 이혼과 배신으로 상처받은 나의 마음은 아무에게도 열리지 않았고, 이국 땅에서 느낀 처절한 외로움은 한잔의 술로도 해결되지 않았다. 그런 외로움과 상처를 극복하게 해준 것은 아이와 나의 인생을 책임져야 한다는 강한 책임감이었다. 내 선택이 옳았음을 보여주고 싶은 굳은 의지였다.

성격이 워낙 적극적인 편인 나는 미국에 들어간 지 얼마 안 되어 미국인 강사들과도 좋은 친구가 되었고, 그들 중 몇몇과는 아직도 좋은 친구로 지내고 있다.

그런데 아이러니는 나의 조국인 한국에 돌아와 있는 지금 오히려 더 외로움을 느낄 때가 있다는 것이다. 미국 생활에 뿌리를 두다가 한국에 돌아와서 느끼게 되는 사회 문화적 이질감에서 오는 외로움 말이다. 그럴 땐 외로움에 병들었던 영혼들을 생각하며 스스로 위로하기도 한다. 지독히 질긴 영혼을 가진 나 자신에게 고마워하며 말이다.

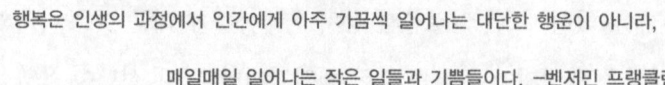행복은 인생의 과정에서 인간에게 아주 가끔씩 일어나는 대단한 행운이 아니라,

매일매일 일어나는 작은 일들과 기쁨들이다. -벤저민 프랭클린

작은 행복, 큰 기쁨

내가 좋아하는 미국 텔레비전 프로그램 중에 〈앨리 맥빌〉이란 게
있다. 앨리 맥빌이란 여자 변호사가 속해 있는 법률회사에서 일어나
는 갖가지 해프닝을 약간 코믹하게 그린 것이다.

주인공으로 나오는 변호사나 동료 변호사들은 모두 일류대학을
나온 잘난 사람들이다. 그런데 그 드라마를 볼 때마다 나는 자주 웃
고 실컷 동감하게 된다. 그 이유는 단 한 가지로 극중 모든 인물들이
지극히 평범한 일상을 살아가고 있기 때문이다. 그들은 주인공 앨리
를 포함하여 너나 할 것 없이 사랑에 대한 고민, 섹스에 대한 호기
심, 사무실 내에서의 의견 충돌, 열등감을 안고 살아간다. 그런 일상

의 모습들이 너무나 적나라하게 드러나기에 웃으며 동감하지 않을 수 없는 것이다.

일반적으로 검사와 변호사라고 하면 재판정에서 서로 배심원을 설득하기 위해 치열한 논쟁을 벌이는 모습이 먼저 떠오른다. 그러나 극중에서 그들은 지나친 권위의식이나 일류의식도 모두 벗어던진 채 어떤 때는 모두가 속물로 보일 정도로 현실적인 문제로 고민한다. 거기에 이 드라마가 주는 의미가 숨어 있다. 결국 인간은 직업이나 사회적인 신분과 같은 껍데기를 벗어던지고 나면 안고 있는 고민은 마찬가지이고 인간은 그저 인간일 뿐이라는 것이다.

이처럼 모든 인간의 고민과 욕구가 사실상 같다면 모두가 추구하는 인생의 목표도 같지 않을까? 누구나 추구하는 목표가 있다면, 그건 바로 행복해지는 것이다. 행복하고 싶어서 돈을 많이 벌고 싶고, 행복하고 싶어서 사랑하는 사람과 함께하고 싶고, 행복하고 싶어서 현실이 힘들어도 참고 견디며 살아가는 것이다.

행복이 인생에서 추구하는 최대의 목표라면 난 그 목표를 이미 이룬 것인지도 모르겠다. 나의 행복은 소소한 일상에 있다.

뜬눈으로 밤새워 글을 쓴 다음날, 아이를 깨워 아침을 챙겨줄 때 나는 진정한 행복을 느낀다. 나는 일주일에 한 번씩 식료품 쇼핑을 나가서 일주일치 먹거리를 준비하는 것을 좋아한다. 재래 시장에 들러 할머니들이 직접 길러다가 파는 채소들을 사면서 그들에게 가볍게 안부를 묻는 일도 내겐 행복이다. 토요일에는 언제나 근사한 식사를 한다는 원칙을 세웠기 때문에 매주 이번 주말엔 어떤 음식을 준비하고 누구와 함께 먹을지 고민하는 것도 행복이다. 마감일에 맞춰 영어책 원고를 탈고해 넘긴 후 며칠 동안 갖는 휴식은 특히 더없이 꿀맛 같은 행복이다. 때론 너무 오랜만에 다시 시작한 강의가 조금 피곤하게 느껴지기도 하지만 귀기울여 듣는 학생들과 시간을 함께하는 것도 강의를 해본 사람만이 알 수 있는 또 하나의 행복인 셈이다.

우리의 일상에는 이렇게 작은 행복들이 꼭꼭 숨겨져 있다. 그래서 자신의 행복을 찾아 보물찾기 놀이를 하며 살아야 하는 것인지도 모른다. 잃었던 나 자신에 대해 관심을 갖는 것, 또한 자신의 삶 구석구석에 꼬깃꼬깃 접혀 숨겨져 있는 작은 행복을 찾으려는 노력은 그 자체로 의미 있는 일인 것이다.

우리의 작은 행복은 계속 움직여야 찾을 수 있기 때문에 때론 바쁘고 분주하게 돌아다닐 필요도 있다. 열심히 살다보면 보너스로 찾아오는 것이 이런 작은 행복들이다.

어느 날 버스에서 오랜만에 듣게 된 비틀스의 음악이 가슴을 찡하게 울려놓는다든가, 오랜만에 쇼핑을 나갔는데 평소에 갖고 싶던 브랜드가 할인을 하여 절반가로 구입한다든가, 별 기대 없이 선택한 영화가 괜찮아서 기분이 좋아진다든가 하는 모든 것들이 우리에게는 작은 행복이다.

하지만 늘 음악을 듣고, 늘 쇼핑을 하고, 늘 영화를 본다면 이렇게 갑자기 다가온 감동이나 행복이 섬세하게 느껴지지 않을 것이다. 열심히 자신의 삶을 살다가 보너스로 다가오는 충만함이 행복일진대 언제나 좋은 것만을 소유하고 있다면 그것이 행복이라는 것을 느끼지도 못할 테니까 말이다.

여하튼 난 〈앨리 맥빌〉이란 드라마를 보면 기분이 좋아지고, 퀸의 〈We are the champion〉이나 본 조비의 〈It's my life〉만 들어도 기분이 상큼해진다. 비 오는 날 창가에 앉아 창 밖을 바라보면 기분이 좋고, 추운 겨울밤에 호호 불어가며 먹는 오뎅 국물을 생각해도 마음이 포근해진다.

이십대 초반에는 이런 것들이 소중하다는 것을 깨우치기엔 내 인생이 너무 험난했다. 아픔과 상처, 미움 등이 나를 혼돈 속으로 몰아내던 시절엔 아무것도 보이지 않았고 들리지 않았다. 하지만 결국 모든 것은 마음에서 출발하기 때문에 고통을 다스리지 못한다면 영원히 갖지 못할 수도 있는 게 이렇게 일상에서 찾아오는 소소한 행복일 것이다. 그것은 언제나 큰 기쁨이다.

홀로서기의 고통과 좌절을 경험하고 앞이 보이지 않는 터널 안에
갇혀 있는 느낌으로 살아가는 여성이 있다면
이미 그 고통을 경험하고 극복해온 한 사람으로서, 그리고 같은 시대를
살아가고 있는 여성으로서 그들에게 용기를 주고 싶다.

또
하나의
이야기

숨겨진 에피소드

배꼽 잡는 실전 영어 실수담

　아이와 내가 미국에 처음 도착했을 때 마중 나온 사촌 동생은 우리를 이끌고 한인 타운의 한 식당으로 안내했다. 비행기에서 막 내려 피곤이 가시지 않은 우리들의 허기를 달래주려 했던 것이다.

　한인 타운의 중심가에 있는 멕시칸 레스토랑에서 줄을 서서 음식을 주문하는데, 종업원이 나에게 뭔가를 물어왔다.

　"뜨거?"

　그 멕시칸 종업원이 내게 한 말은 아무리 들으려 해도 영어처럼 들리지 않았다. 그 말은 내게 '뜨거워' 라는 한국말로만 들렸다.

　"저기요, 뜨겁다구요?"

내가 한국말로 대답했더니 그는 못 알아듣는 눈치였다. 그는 다시 같은 질문을 반복했다.

"뜨거? 뜨거?"

잠시 후에 나는 다시 말했다.

"못 알아듣겠으니까 다시 한번 천천히 말씀해주세요."

그는 아주 천천히 말을 다시 했다.

"Here or to go?(여기에서 먹을 겁니까, 가지고 갈 겁니까?)"

나는 순간 웃음이 폭발했다. 처음에 그는 이 말을 줄여서 "To go?(가지고 갈 겁니까?)"라고 물은 것이었다.

영어 발음이 서툰 멕시칸 종업원에게서 들은 그 말이 내가 공항을 빠져나와 미국 땅에서 처음 들은 영어였다.

미국 생활을 하면서 발견한 것은 생활 회화로 쓰이는 영어는 의외로 쉽다는 것이었다. 'Would you like' 대신에 언제나 선택을 할 수 있도록 이것 또는 저것을 묻는 경우들이 많았다.

Here or to go?(여기서 드실래요, 아니면 가져가실래요?)

Paper or plastic?(종이 봉투에 넣어드릴까요, 아니면 비닐 봉투에 넣어드릴까요?)

Cash or Charge?(현금으로 계산할 건가요, 카드로 계산할 건가요?)

Soup or salad?(수프로 드릴까요, 아니면 샐러드로 드릴까요?)

이렇게 단순하게 둘 중 하나를 선택할 수 있는 질문을 던지는 경우가 많다.

슈퍼마켓에서 처음으로 'Paper or plastic?'이란 표현을 들었을 때, 나는 'plastic'이 우리말 그대로 플라스틱인 줄 알고 '아, 이 나라는 부자라서 물건을 사면 플라스틱 통에도 넣어주나 보다'라고 생각했다. 물론 무지가 불러온 오해였다. 미국에서는 비닐 봉투를 'plastic'이라고 표현하는데 처음 듣는 표현이라 한국식으로 그렇게 오해를 했던 것이다.

실수를 한 것은 나뿐만이 아니었다.

내 아이가 알파벳도 모른 채 초등학교에 입학하고 나서의 일이다. ESL 수업을 들으면서 정규 수업을 병행하던 초등학교 2학년의 아이에게 내가 물었다.

"오늘은 수업 시간에 뭘 배웠니?"

아이는 잠시 망설이다가 말했다.

"랩탱고를 배웠어."

학교에서 수업 시간에 랩과 탱고를 가르쳤다는 게 이해가 가지 않아 다시 물었다.

"어떻게 하는 건데?"

그랬더니 아이는 종이와 연필을 갖고 뛰어와 직사각형을 그려 보였다. 영어로 직사각형이 rectangular인데 수업을 들은 지 한 달도 안 되는 아이의 귀에는 그 말이 '랩탱고'로 들렸던 것이다. 영어를 배우는 과정에서 그런 실수는 언제나 있기 마련이다.

학교를 다닌 지 3년째 되던 해에 아이는 영어에 자신이 붙었던지 집에서도 한국말보다는 영어를 쓰려고 노력했다. 친구들과 항상 영어로 말하고 뛰어놀면서 영어에 길들여지기 시작하던 시점이었다.

하루는 아이와 한국인 교포 3세인 아이의 친구가 함께 앉아서 블록 쌓기를 하다가 둘이 내 방으로 달려와 말했다.

"엄마, 질문이 있는데요, 한국말로 하루 이틀 다음엔 뭐라고 해요? 얘는 하루 이틀 삼틀 사틀이라고 하고, 난 하루 이틀 삼루 사루 오루라고 했는데 누가 맞아요?"

웃으려야 웃을 수가 없는 상황이었다. 그래도 다행인 것은 한국어가 서툰 친구와 둘이서 나름대로의 원칙을 가지고 말을 이해하려고 했기 때문이었다. 언어에는 원칙이 있다는 것을 자신들의 방식으로 이해하고 있었던 것이다.

"아이가 산만해서 걱정이에요."

선배 언니와 전화로 이런저런 얘기를 나누던 중 나는 아이가 게임을 좋아하다 보니 많이 산만해졌다고 언니에게 걱정을 털어놓고 있었다.

그때 마침 아이가 그 이야기를 들었던지 방에서 거실로 성큼성큼 걸어나오며 큰 소리로 외쳤다.

"난 안 뚱뚱해, 뚱뚱한 거 싫어. 우리 반 데이빗은 나보다 훨씬 뚱뚱해. 션도 뚱뚱하고."

상황을 파악하지 못한 내가 눈이 동그래져서 쳐다보았더니 아이가 또박또박 설명을 하기 시작했다.

"나더러 산만하다고 했잖아. 산만한 건 산처럼 크다는 건데 그럼 그건 뚱뚱하다는 거고."

아이의 엉뚱한 발상에 나와 언니는 눈물이 날 정도로 웃었지만, 한편으로는 자꾸 한국말을 잊어가는 아이가 걱정스럽기도 했다.

이렇게 몸으로 실수하며 배운 언어는 좀처럼 잊혀지지 않는 법이다. 영어 교재를 집필하다 보면 자꾸 그 시절의 실수들이 떠올라 빙그레 미소를 짓게 된다. 이 기회에 나는 실수를 두려워하며 교실 안에 갇혀 있는 학생들에게 이렇게 말하고 싶다.

"열심히 배운 그대여, 부딪쳐라."

혀수술 한다고 고추장 발음이 버터 발음 될까?

얼마 전 영어를 잘 하라고 자식의 혀를 수술시켰다는 부모에 대한 뉴스를 듣고 기겁을 한 적이 있다. 만일 다 큰 어른이 영어를 잘 하고 싶어 자기 혀를 수술했다면 그렇게까지 놀라진 않았을 것이다. 그건 자신이 판단할 수 있는 시기에 충분히 생각하고 내린 결정일 테니까 그 결정에 대한 책임도 본인이 지면 되는 것이다. 그러나 부모가 자식의 혀를, 단지 영어를 잘 하게 하기 위해 수술시켰다면 그것은 엄청난 실수가 될 수도 있다.

LA에서 내가 가르치던 학생 중에는 유난히 혀가 짧아서 영어 발음이 많이 새던 학생이 하나 있었다. 나는 어느 날 그 학생을 데리고 패스트푸드 점에 갔다. 학생들을 데리고 음식점에 가면 나는 늘 그들에게 이렇게 말했다.

"너희 것은 너희가 직접 영어로 주문해봐."

학생들은 보통 자기보다 영어를 잘 하는 사람이 있으면 주눅이 들어서인지 통 말을 하려 들지 않았다. 평소에는 영어를 잘 하다가도 누군가 자기보다 실력이 뛰어나다고 생각되는 사람이 앞에 있으면 꿀 먹은 벙어리가 되거나 말을 더듬거리기도 한다. 하지만 이것은 병적인 습관으로 굳어질 가능성이 크기에 고쳐줘야 한다.

나는 이미 치즈버거를 주문하고 음식이 나오기를 기다리고 있었다. 내가 자리에 앉아 있는데 잠시 후 그 학생이 의기양양하게 내 앞자리로 와서 앉았다.

"그래, 뭘 주문했니?"

"네, 전 와퍼를 주문했어요. 선생님은요?"

"응, 난 치즈버거. 근데 어니언 링도 하나 주문하지 그러니?"

"아, 그거 좋겠네요. 잠시만요, 제가 어니언 링도 주문해서 다른 것들과 함께 가져올게요."

"그래."

잠시 후 그 학생은 우리가 주문한 햄버거와 콜라를 쟁반에 받쳐서 의기양양하게 자리로 가져왔다. 그런데 어니언 링이 보이지 않았다.

"어니언 링은?"

"글쎄요?"

"주문을 안 했구나?"

"아뇨, 했어요. 이제 곧 나오겠죠 뭐."

나는 포장지를 펼쳐 햄버거를 크게 한 입 베어 물었다. 그 순간이었다.

"윽!"

내가 베어 문 햄버거의 맛이 이상했다. 입 속 가득히 맵고 진한 향기가 퍼져나가며 사각사각 무언가가 씹히는 것이었다.

나는 곧바로 먹던 햄버거를 들춰 내용물을 살펴보았다. 아니나 다를까, 치즈에 온통 양파만 가득 들어 있는 게 아닌가. 고기는 찾아볼 수 없고 온통 양파뿐이었던 것이다.

학생은 그것을 보고는 얼굴이 노래지더니 자신의 잘못이 아니라며 주문을 받은 멕시칸 종업원의 탓으로 돌렸다.

나는 조용히 종업원에게 다가갔다.

"내 햄버거에 고기는 안 들어 있고 치즈에 온통 양파만 잔뜩 들어 있는데 어떻게 된 건가요?"

"아까 저분이 치즈버거에는 양파만 넣어달라고 해서 고기를 뺐는데요?"

"그래요? 정말이요?"

나는 학생을 불러 물었다.

"너, 정말로 치즈버거에 양파만 넣어달라고 했니?"

"아뇨! 선생님 저는 'Cheese burger with onion ring(치즈버거와 양파 링)' 이라고 말했어요, 분명히!"

내가 다시 종업원의 얼굴을 쳐다보자 그는 이렇게 말했다.

"Cheese burger with onion only(치즈버거에 양파만 넣어서)!"

난 순간 웃음이 터져나오려는 걸 참느라 무척 고통스러웠다. 실상을 알면 좌절할 학생의 기분을 헤아리며 터져나오는 웃음을 입가로 접어넣고 있었다. 그 학생의 혀가 짧은 관계로 'onion ring'이라는 발음이 종업원에겐 'onion only'로 들린 것이었다. 종업원의 입장에선 치즈버거에 고기를 빼고 양파만 넣어달라는 게 이상하긴 했지만 손님이 왕이니 그럴 수밖에.

그렇게 영어 발음이 나빠서 고생했던 그 학생도 버젓이 단과대학(College)을 졸업하고 대학으로 편입을 한 후, 영어에 훨씬 자신감을 갖게 되었다. 물론 그 이후에도 'ㄹ' 발음을 'ㄴ'으로 발음하는 편이었지만, 그렇다고 혀를 수술할 필요까지는 못 느꼈다.

우리는 몇 년 만에 다시 연락이 되어 어느 날 점심을 함께 먹기로 했다. 레스토랑에서 음식을 주문하고 학교 생활은 잘 하고 있는지, 여자 친구와는 잘 지내는지 등을 물으며 식사를 했다. 그러다가 그만 내가 실수로 포크를 떨어뜨렸다.

학생은 나 대신 포크를 주문하기 위해 종업원을 불렀다.

"Could you give us a pork?(돼지고기 하나 갖다 주시겠어요?)"

갈색 머리에 텍사스 악센트를 쓰던 그 여종업원은 다시 물었다.

"Excuse me?(뭐라구요?)"

눈치를 못 챈 그 학생이 무안해할까봐 나는 얼른 fork(포크)를 달라고 말했다. 'p'와 'f' 발음을 구분하지 못해서 생긴 실수였다.

실수를 한다는 점에서는 바뀐 게 없지만 3년 만에 만난 그 학생은 미국 생활에 훨씬 더 자신이 붙어 있었다. 이제는 실수를 해도 당황한다든지 말을 더듬지 않고 의연하게 대처했다. 몇 번이고 상대방이 알아들을 때까지 설명하는 침착한 태도를 보며 나는 마음이 든든했다.

'그래, 그렇게 하는 거야. 살다 보면 수도 없는 실수를 저지르겠지만 실수를 하면서 당황하지 않고 의연하게 대처하다 보면 그걸 통해서 많은 걸 배우게 되지.'

'p' 와 'f' 를 구분하지 못하거나 'r' 과 'l' 을 구분 못 하는 것 정도는 영어를 배우는 데 아무런 걸림돌이 되지 않는다. 부딪쳐서 배울 자세만 갖춰져 있다면 말이다.

미국의 비디오방에서 특별히 조심할 것

모 출판사와 원고 계약 건 때문에 한국에 잠시 나왔다가 다시 미국으로 돌아가는 비행기에 탔을 때였다. 옆자리에 앉은 한국 학생이 내게 말을 걸어왔다.

"저, 혹시 LA 사세요?"

"네."

"저는 중부의 한 대학에서 어학 연수를 받고 있는데 며칠 정도 LA 관광을 하다가 돌아가려고 해요. 그런데……."

그 남학생은 좀 귀찮게 느껴질 정도로 수다스러웠다. 군대를 마치고 대학을 휴학한 상태에서 현재 어학 연수를 받고 있는데, LA에는 달리 연고도 없고 여행 가이드북 하나 달랑 들고 유스호스텔에 머물 며 돌아다닌다는 것이었다. 나는 그의 발상과 용기가 젊은이다워 보 여 좋았다. 비행기에서 내릴 때 남학생은 작별 인사를 해왔고 나도 기분 좋게 인사를 했다.

"좋은 여행이 되길 바랄게요."

나는 서둘러 입국 심사를 거쳐 공항을 빠져나왔다.

나를 마중 나온 사람은 재윤 선배였다. 선배는 다른 후배를 더 기 다려야 한다며 잠시 기다리자고 했다. 그리고 어디선가 기다리고 있 던 일행을 발견했는지, 손짓을 해 보였다.

선배의 손짓을 따라 시선을 옮기는데 그 옆으로 아까 내 옆자리에 앉아 있던 남학생이 눈에 띄었다.

"아직 출발 안 했어요?"

"예, 대중교통을 이용해서 시내로 들어가려고 하는데 어디에서 타야 하는지 몰라서요."

나는 마중 나온 선배에게 인사를 시킨 후 혹시 동승할 수 있겠냐 고 물었다. 선배는 기꺼이 한 명 더 태울 용의가 있다며 행선지를 물 었다.

"멜로즈 거리에 가고 싶습니다. 유스호스텔도 거기에서 멀지 않 다고 들었고요."

"어, 거긴 우리 집하고도 가까운데."

멜로즈 거리라면 번화가라서 초행자도 안심할 수 있는 곳이었다.

남학생을 먼저 내려주자며 선배는 멜로즈로 향했다.

228

"그럴 리야 없겠지만 혹시 무슨 일 있으면 이리로 연락해요. 만일을 위해서 적어주는 거예요. 좋은 여행되길 바라요."

선배는 그 남학생이 안심이 되지 않았던지 전화번호를 적어 건네주었다.

"꼭 어린아이를 물가에 두고 가는 기분이 드네. 말썽 피우진 않겠지? 그럴 애로 보이진 않는데."

"괜찮을 거야. 넌 언제나 앞서서 걱정하는 게 문제라고."

우리는 그가 며칠이 흘러도 연락이 없기에 여행을 무사히 마치고 학교로 돌아갔을 거라고 생각했다. 그런데 어느 날 밤 열 시가 넘어 전화벨이 울렸다.

"지연아, 걔 재윤이라는 남학생한테 전화가 왔는데, 큰일 났어. 무슨 일을 저지른 건지 할리우드 경찰서에 잡혀 들어가 있대. 나한테 꼭 좀 와달라고 하는데 어떻게 하냐, 모른 척할 수도 없고. 넌 데리고 오지 말라고 하지만 그래도 같이 가자. 네가 경찰서 전문 아니냐."

선배가 우스갯소리로 경찰서 전문이라 말했던 것은 가르치던 학생들이 음주 운전으로 잡혀 들어갔을 때 두 번 꺼내주러 간 적이 있어서였다. 아무 연고도 없는 유학생 신분으로 음주 운전에 걸려 감옥에 가면 난감하기 이를 데 없다. 거의 매달리는 기분으로 내게 전화를 걸어오는 학생들을 모른 척하지 못해 보석금을 마련해서 찾아간 게 벌써 두 번이나 되니 선배가 농담을 할 만했다.

"뭐, 이번에도 음주 운전 아니겠어. 별 거 아닐 테니까 선배가 가. 난 밤도 늦고 해서."

"야, 야. 왜 이래. 네가 건져온 학생 아냐. 수렁에서 건지는 건 네 전공 아니냐. 지금 데리러 간다?"

이렇게 해서 야밤에 난데없이 할리우드 경찰서란 델 처음으로 가보게 되었다.

"참 골고루들 속 썩이는군. 경찰서도 다양하게 들어가 있네."

투덜대는 나를 보고 선배는 웃으며 말했다.

"어딜 가나 주렁주렁 말썽쟁이들을 달고 다니는 네 덕택에 난 이게 또 뭐냐."

치과를 하던 선배는 한인 타운에선 제법 알아주는 의사였는데 선배야말로 아는 누군가 문제가 생겼다고 하면 언제라도 병원 문을 닫고 발 벗고 나서는 사람이었다.

경찰서에 도착했을 때 선배는 잠시 밖에 서 있으라고 했다.

할리우드 경찰서는 분위기가 제법 삭막했다. 팔에 온통 문신을 한 흑인들과 동성연애자들이 우리를 물끄러미 쳐다보고 있었다. 면회를 신청하고 혼자 들어간 선배는 한 20분이 지나서야 나왔다.

"왜, 혼자야?"

"아이고! 이걸 뭐라고 설명해야 하나."

선배는 곤란한 얘기를 할 때는 영어로 설명하는 습관이 있었다.

"그 친구가 글쎄 할리우드의 비디오방에 들어가서 비디오를 보면서 자위행위를 하다가 경찰에 체포되었대."

무슨 이야기인지 단번에 납득이 되지 않았다.

할리우드에 비디오방이 있다는 것도 처음 듣는 얘기였고, 거기에 들어가 그런 짓을 한다는 것도 도무지 이해가 가질 않았다. 게다가 경찰에 체포까지 되었다니…….

"할리우드에 멕시칸이 운영하는 비디오방이 있는데 그 친구가 거기를 한국식 비디오방으로 착각한 거 같아. 야한 영화를 보면서 그 짓을 하다가 경찰에게 현행범으로 체포되었대."

2천 달러 정도의 보석금을 내야 석방될 수 있다고 했다. 그 친구가 나오는 대로 돈을 줄 테니 먼저 보석금을 내달라고 했다면서 선배는 다음날 수표를 끊어 왔다.

남학생은 경찰서 입구에 서 있는 나를 보자 고개를 떨군 채 아무 말도 하지 못했다.

"LA에 와서 이런 특이한 경험을 해본 건 너밖에 없을 것 같은데, 소감이 어때?"

나는 남학생의 어깨를 툭 치며 아무렇지도 않게 한마디 하며 차에 올랐다. 그 학생은 미안하다는 말만 되풀이할 뿐이었다. 사실 나에게 미안할 필요는 없었다. 덕분에 미국에 그런 곳이 있다는 것이나, 그런 행위를 하는 자를 체포하는 법도 있다는 것을 알게 되었으니 내게는 또 하나의 경험이었다.

선배는 그 학생을 유스호스텔에 내려준 후 걱정스러운 듯이 말했다.

"저 친구 충격을 많이 받은 것 같은데 저래서 공부를 계속할 수 있을까? 그리고 재판을 받으려면 계속 여기에 머물러야 하는데……."

"선배, 난 그것보다는 저 친구 성 불구가 될까봐 걱정돼. 현행범으로 체포되어 저런 끔찍한 경험을 한 것이 트라우마(trauma, 마음에 남는 깊은 상처)가 될 것 같은데 말야."

그 친구는 재판에 참석하려면 학교에 들러서 이유를 설명하고 다시 와야 할 것 같다며 다녀오겠다는 인사를 하러 전화를 걸었다. 그리고 며칠이 지나 우리 집으로 재판일이 확정되었으니 출두하라는 통지서가 날라왔다.

나는 그 학생에게 전화를 걸었다. 그러나 그는 전화를 받지 않았다. 걱정이 되어 학교의 어학원에 전화를 걸어 그 학생을 찾아달라고 했더니 어느 날 갑자기 한국으로 급하게 돌아가야 할 사정이 생겼다며 다음날로 짐을 싸 가지고 돌아가버렸다고 했다.

법원에 출두하지 않은 것은 기록에 남게 되는데 그렇게 되면 그 학생은 다시는 미국 땅을 밟을 수 없을지도 모른다. 외국 문화에 대한 무지의 소치로 벌어진 사건은 어쩌면 별것 아닐 수도 있겠지만 그 친구에게는 평생을 꼬리표처럼 따라다닐 기록이 되어버렸다. 젊은 혈기에 저지른 사소한 실수로 그가 받았을 충격을 생각하면 안쓰럽기까지 했다.

이렇게 일주일간의 해프닝은 우리 기억 속에서 지워지지 않는 사건으로 남게 되었다.

스테이크 집에 같이 가실래요?

수업을 하던 중에 한국인 유학생 한 명이 손을 들고 질문을 해왔다.

"선생님, 저 여자 친구랑 데이트가 있는데 괜찮은 레스토랑을 하나 추천해주세요."

"그래? 좋지. 멜로즈 가에 가면 괜찮은 이탈리안 레스토랑이 있는데 거길 가면 되겠네."

"근데 그런 곳에 가면 영어로 주문해야 되잖아요?"

"그렇지, 왜?"

"미국 요리는 물어보는 것들이 너무 많아서……."

"그럼 선생님이 가르쳐줄까?"

"예."

사실 유학생이라고 해서 모두 다 영어에 능숙한 것은 아니다. 유학생 신분으로 미국에 들어와 있다고 하더라도 대학 입학 허가서를 받지 못해 토플 공부를 하고 있는 학생들이 있었는데, 그들 가운데 상당수는 여전히 회화에 자신 없어 하거나 청취력 또한 초보 수준에 머물러 있었다. 성민이도 이렇게 영어 때문에 골치를 앓고 있는 초년병 유학생이었다.

"그럼 이렇게 해봐. 레스토랑에 들어가면 먼저 음료수를 시켜."

성민이는 열심히 메모를 하기 시작했다.

"음료수를 시키는 것도 어려우면 둘 다 같은 음료수를 달라고 하면 돼. 'Two cokes please'라고 하면 잠시 후에 음료수를 갖고 와서 메뉴판을 갖다줄 거야. 그리고 메뉴판을 건네줌과 동시에 '오늘의 요리'를 설명해줄 거야. 그럼 메뉴를 펴볼 것도 없이 'That sounds good(그거 괜찮겠네요)', 'We will both try that(둘 다 그걸로 할게요)'이라 말하면 돼. 그럼 다른 선택 메뉴들을 복잡하게 묻지 않을 거야."

성민이는 여자 친구와 함께 레스토랑에 가서 내가 가르쳐준 대로 하겠다고 했다.

성민이가 여자 친구와 데이트를 한 다음날이었다. 수업이 끝날 때까지 성민이는 데이트가 어땠는지 통 말을 안 하고 어두운 기색으로 앉아 있었다.

나는 성민이에게 다가가서 물었다.

234

"그래, 데이트는 잘했고?"

"선생님 때문에 망신만 당했어요. 진짜 너무하세요."

성민이는 내가 가르쳐준 대로 레스토랑에 가서 앉자마자 콜라를 두 잔 시켰다고 했다. 그러자 웨이터가 그의 예상대로 메뉴판을 가져다준 후 곧바로 '오늘의 요리'를 설명하기 시작했다. 거기까지는 아주 무사히 잘 진행되는 듯했다.

그런데 그 다음이 문제였다. 성민이는 내가 시킨 대로 'That sounds good. We will both try that'이라고 했건만 웨이터가 눈을 동그랗게 뜨고 'Which would you like to have?'라고 되묻더라는 것이다. 그래서 했던 말을 반복해서 물었더니 이번엔 'Salmon or Crab?'이라고 물었다. 또다시 성민이가 'That sounds good'이라고 하니 문제가 발생했던 것이다.

웨이터는 성민이가 못 알아듣는 것 같아서 둘 중에 하나를 선택하라고 '연어로 하실래요, 아니면 게로 하실래요?'라고 물었던 것인데, 계속 "그게 좋겠군요"라고만 말했던 것이었다.

당황해서 얼굴까지 빨개져서 쩔쩔매는 성민이를 도와준 것은 뒷자리에서 식사를 하던 교포 2세 청년이었다. 보다 못한 청년이 안쓰러운 표정으로 와서는 성민이에게 상황을 설명해주고 주문을 할 수 있도록 도와주었다는 것이다.

아주 멋진 곳으로 여자 친구를 데리고 가 분위기를 잡아볼 생각이었던 성민이는 톡톡히 망신을 당하고 말았다. 그러니 그렇게 하라고 가르쳐준 선생님이 얼마나 원망스러웠겠는가.

한국 유학생들 가운데는 한인 타운에서 순두부나 비빔밥 같은 걸로 식사를 즐기는 사람들이 아주 많다. 외국 음식에 적응이 되지 않아 한국 음식만을 고집하는 부류가 있는가 하면, 미국 음식을 한 번이라도 더 먹어보려고 노력하는 부류도 있다. 하지만 두 번째 부류에 속한 사람들도 대개는 미국 음식의 주문 방식이 너무 복잡해서 쉽게 포기하는 경우가 많다.

미국 식당의 주문 방식은 대체로 이러하다.

1) 먼저 '식사 전에 음료수 드시겠어요?' 라고 묻는다.

2) 음료수를 선택하고 나면 '주문할 준비가 되셨나요?' 라고 묻는다.

3) 그리고 'Today's special(오늘의 특별요리)'이 정해진 레스토랑은 메뉴를 보기 전에 오늘의 특별 요리에 대해 상세히 설명해준다.

4) 메인 요리를 정하기 전에는 애피타이저부터 선택할 수도 있고, 곧바로 메뉴로 들어갈 경우엔 샐러드 소스는 무엇을 원하는지, 빵은 어떤 것을 원하는지(밀빵을 먹을지 베이글을 먹을지 그냥 롤빵을 먹을지), 고기는 덜 익힐지 적당히 익힐지 많이 익힐지, 감자는 구워줄지 삶아줄지, 구운 감자 위에는 sour cream(생크림)을 뿌릴지 버터를 뿌릴지 등등 모든 음식 하나하나에 대한 손님의 취향을 묻는다.

곰곰이 생각해보면 미국식 주문 방식이 한국인들을 그렇게 고통스럽게 하는 이유는 한국인들이 영어를 못하기 때문만은 아닌 듯하다. 또 하나의 원인은 문화의 차이에서 오는 게 아닐까 싶다. 즉 한국은 일일이 개인의 취향에 따라 선택할 수 있도록 배려하는 문화가 아니라 적당히 어우러져 분위기를 낼 수 있으면 그걸 더 중요시하는 문화이기 때문이다.

미국의 경우에는 어린아이 때부터 일일이 자신이 먹고 싶은 음식의 취향을 선택하도록 부모가 돕는다. 하지만 한국인의 경우 어린 시절부터 대부분 부모의 손을 잡고 식당에 가서 외식을 하면 '아줌마, 여기 삼겹살 4인분에 소주 한 병이오' 라는 공동 식단에 길들여져 있다.

조직 사회의 경우에는 그런 문화가 더욱 지배적인데, 나도 한국의 월드컵 조직위원회에서 일을 하면서 그런 경험을 많이 했다. 상급자가 '매운탕 먹자' 고 하면 모두 매운탕을 먹어야 한다. 거기에서 누군가가 '저는 말끔한 지리로 먹을게요' 라고 하면 대번 못마땅한 시선이 그를 왕따 분위기로 몰고 가는 게 우리네 문화의 단면이다.

하지만 성민이의 경우는 순전히 영어 탓이었다. 성격이 활발하고 적극적인 아이였지만 영어 실력이 남보다 부족하다는 이유 때문에 여자 친구에게 스파게티도 제대로 사주지 못하고 고민을 했으니 말이다.

"선생님, 제가 아는 스테이크 집이 있는데 한번 같이 가실래요?"

그로부터 6개월 정도가 흐른 후 성민이는 자신이 원하는 레스토랑을 마음껏 다닐 수 있게 되었다.

지은이의 글

작년 가을, 로이터 통신에 몸담고 있으면서 월드컵 관련 일들을 마무리하던 중이었다. 출판사로부터 자전 에세이를 써보라는 제안을 받았다.

처음에는 그리 대단하지도 않고 화려하지도 않은 내 인생을 남에게 보여준다는 것이 망설여졌다. 하지만 단지 남에게 보여주기 위해서만이 아니라, 숨가쁘게 살아왔던 지난 시간을 한번 정리해보고 싶다는 욕심이 생겼다.

기억의 테이프를 되감아가며 지나온 삶을 한줄 한줄 끄집어내보려 했지만 그것은 결코 쉬운 작업이 아니었다. 몇 권짜리 영어책 집필이 차라리 내겐 더 쉬웠다. 그것들은 최소한 기획된 커다란 틀이 있고, 수집한 자료들로 만들어갈 수 있기 때문이다. 이 두껍지 않은 책 한 권을 위해 난 아주 오랜 시간을 컴퓨터 앞에서 고뇌하며 보내야 했다.

사람들이 흔히 팔자에 대해 운운하지만 지금 생각해보면 삶의 중요한 순간들은 언제나 나 자신의 선택과 의지에 의해 결정되었다. 어떤 선택은 울퉁불퉁한 자갈길에 굽이굽이 산등성을 넘어야 하는 험난한 길로, 또 어떤 선택은 시야가 탁 트인 평평한 길로 나를 이끌었다. 하지만 난 언제나 희망을 놓지 않았다. 남들이 가려 하지 않는 험한 길을 돌에 채여 넘어지거나 나뭇가지에 찔리며 걷다보면 언젠가는 그들보다 더 높은 곳에서 찬란한 햇살과 마주하게 되리라고 믿었다. 지금도 그렇게 믿는다.

홀로서기의 고통과 좌절을 경험하고 앞이 보이지 않는 터널 안에 갇혀 있는 느낌으로 살아가는 여성이 있다면 이미 그 고통을 경험하고 극복해 온 한 사람으로서, 그리고 같은 시대를 살아가고 있는 여성으로서 그들에게 용기를 주고 싶다. 그리고 인생은 절대 단거리 경주가 아니란 이야기를 해주고 싶다.

때론 아득하고 때론 손에 잡힐 듯 생생한 기억들을 꺼내 커다랗게 펼쳐 놓고 보니, 거기엔 벌써 내 인생의 밑그림이 그려져 있었다. 지금까지 살아온 만큼의 시간이 내 앞에 더 남아 있다. 이 성글기만 한 밑그림을 어느 정도의 명도와 채도로 완성해가야 할 것인가가 이제부터 내가 풀어야 할 숙제이다.

나는 완성된 내 인생의 그림이 산타바바라 해변의 아침 햇살을 닮았으면 하고 바란다.

2003년 가을이 시작될 무렵

이 지 연

색色다른 여자 이지연의
남男다른 홀로서기

이지연 지음

1판 1쇄 발행 / 2003. 8. 30.
1판 2쇄 발행 / 2003. 10. 22.

발행처 / Human & Books
발행인 / 하응백

등록번호 / 제2002-113호
등록일자 / 2002. 6. 5.

서울특별시 종로구 경운동 88 수운회관 1205호 우편번호 110-310
마케팅부 6327-3537, 편집부 6327-3535, 팩시밀리 6327-5353
이메일 / hbooks@empal.com

값은 표지에 있습니다.

ISBN 89-90287-25-1 03810